indigo

kurzgeschichten*

*semjon volkov

Verlag: tradition GmbH, Hamburg

978-3-7323-2251-0 (Paperback)
978-3-7323-2252-7 (Hardcover)
978-3-7323-2253-4 (e-Book)

Printed in Germany

inhaltsstoffe*

* Warnhinweis: enthält Sarkasmus und Misanthropie (ethische Giftstoffe) ; kühl und trocken aufbewahren; darf nicht in die Hände von Kindern gelangen; nicht zum Verzehr geeignet. (+ Zusatz ab S. 123)

das eiserne Geschlecht

Dort kamen sie, dort kommen sie. Sie und er.

Die alte Vettel und ihr Beschäler.

Es war schon dunkel. Da wackelten die beiden durch die Szene. Eingehakt. Wackelten und wankten dahin. Hatten einiges hinter sich. Kamen direkt aus der Klinik. Kamen über die Straße gewackelt. Hatten Schräglage. Hatten beide einen sitzen. Wankten, hielten einander, fielen plötzlich hin. Krochen ein paar Meter. Bauten sich aneinander wieder auf die Beine, standen auf. *Weiter!*

Und Krankheit und Tod streuten vor ihnen faulige Rosenblätter, streuen sie aus. Und sie fielen, sie fallen. Aber sie hielten einander, halten einander. Und so standen und stehen sie immer wieder auf.

Denn sie haben den Segen des Schicksals, das ihre Schritte lenkt. *Lebt!*

Der Beschäler war gehbehindert. Ein alter Säufer mit Schnurrbart. Trug eine Weiberstrickweste. Darunter nichts. Ruderte vorwärts. Mit der behinderten Hüfte. Daneben sie. Eine abgetakelte Vettel. Im Tigermäntelchen. Mit dem weinroten

Täschchen, das an ihrem Handgelenk pendelte. Das Handtäschchen für die Muntermacher, die Kurzen unterwegs.

Und sie fielen und fallen, aber standen und stehen wieder auf. Denn das Schicksal hat was übrig für die, die wanken. Und noch mehr für die, die fallen, einander halten und trotzdem gemeinsam weiter kriechen. *Weiter!*

So kamen sie ans Kiosk.

Die krummgelaufenen Absätze der Vettel verstummten.

Und er, barsch: „Looos Mutti, mach hin." Gab ihren Arm frei. Schubste die Alte zum Schalter. Und sie, das Täschchen auf einem Stoß Zeitungen, mümmelte:

„Isch hätt gern ä Stang Zigarette."

Mümmelte und fummelte, fummelte an ihrem Täschchen. Brauchte zu lange, brauchte. Zahlte. Und er brummte. Brummte wieder. Riss ihr gierig die Stange Zigarette aus den lackierten Fingern. Schob sie unter die Achsel. Nahm auf der Stelle wieder ihren Arm.

Und Arm in Arm wankten sie über die Bahnschwelle. Zur leeren Haltestelle der Linie 10.

Erst dort ließ er sie los. Riss die Stange auf. Steckte sich eine Zigarette an. Alles In aller Seelenruhe. Während sie ihn ermahnte. Zeigefinder hoch:

„Du darfscht misch net mehr so anbrüllen, hat der Dokter gesagt, weil das nischt gut isch für meinen Zucker."

Aber er: ausdruckslos. Ignorierte sie, blieb stumm, sah an ihr vorbei, rauchte, zog scharf den Rauch ein. Und blubberte kurz:

„...Zucker für'n Kaffee..."

Sah plötzlich zur alten Vettel, die langsam zornig wurde. Sah in ihre abgetakelte Visage. Dort rührte sich Zorn. Und der Zorn rührte ihn, machte ihn treuherzig und weich.

„Mein Liebes, ich meins doch net so... weist doch... lieb hab", blubberte er, schmuste sich an. Er wollte sie küssen. Bekam die Abfuhr.

Sie schimpfte, drückte ihn weg:

„Hörscht auf! Isch mach das nischt mehr länger mit! Der Dokter hat's gesagt, dass dasch alles bloß von zuviel Schtress kommt."

Und er wurde wieder stumm, rauchte.

„Du muscht misch auch mal öfters zufrieden lassen und darfscht nischt dauernd bei mir sein!"

Unbeirrt steckte er sich eine neue Zigarette an. Rauchte Kette.

„Ach, du meinscht wohl isch lass dir das immer so alles durschgehen, wie's dir grade passt. - Aber da täuscht du disch."

Er rauchte, blies den Rauch aus. Über ihren Kopf.

„Dein Liebes macht das nischt mehr länger mit! Isch gehör dir net. Hörscht du! Isch hab genug von dir!" schrie sie. Aber die einsame Haltestelle sagte nichts.

Und er hob die Augenbrauen, grinste, blubberte:

„...hab schon lang genug..."

„Ach, du glaubscht mir wohl nischt? Du ver-
höhnscht misch noch!"
Aber er gähnte, nur, war müde, gelangweilt,
kratzte sich am Sack.

„Da wollen wir mal schehen, wer dir deine Zigaretten kauft, wenn isch se dir nimmer bezahl!"
Zigaretten! Das Stichwort.
Jetzt musste er was tun. Einlenken. Vertraulich
werden. In ganzen Sätzen. Den Sachverhalt dar-
legen. Mit der angerissenen Stange Zigaretten
unter der Achsel.

„Aber ich verhöhn dich doch net, Mutti. Das
weist du doch. - Genauso wenig könnt ich dir was
antun. Und jetzt redest du so. Ab und zu muss ich
dir halt eine kleben. Sonst kriegst du dich nicht
ein. Das weist du. Sonst spielst du verrückt. -
Warum erzählt du überhaupt dem Dokter, dass
ich manchmal so wüst..."

„Du kannscht dir dein Gerede ruhig schparen",
schmetterte sie ihn ab.
Wieder brummte er, wieder schimpfte sie.
Noch eine Kippe, noch eine Kurve. Und weiter mit
der Streiterei.
Und er:

„Wie oft schrei ich dich denn an, hä? Nur wenn
ich komm und es is nix gekocht! Kalt fress' ich's
net. Das musst du einsehen."

„Wenn du nie sagscht wann du kommscht, wie
soll isch 's dann vorher warm machen - Dir fällt
immer auf einmal ein, dass isch auch noch da bin.
Lässcht zwei Tage nix von dir hören und dann

schtehscht da und brüllscht mich an, bis isch fix und fertig bin. Kommt noch soweit, dass isch's ans Herz krieg. Bei der Angscht, die du mir mascht und..."

Sie zitterte. Und er, der Säufer, betrachtete sie. Betrachtete die Visage der alten Vettel wie einen Hund mit zwei Köpfen, wie eine Kuriosität. Vor allem den faltigen, aufgemalten Mund, der nicht schweigen konnte. Den Mund, der ständig weiter bohrte.

„Wenn du auch meinst, dass du immer die Kleine nehmen musst, weil ihre Mutter zu faul is..."

Und da grapschte sie nach den Zigaretten. Den Zigaretten, die sie bezahlt hatte. Seinen Zigaretten. Grapschte zornig nach der angerissenen Stange unter seiner Achsel.

Die platzte. Und die Schachteln fielen aufs Trottoir.

Und sofort kniete er sich hin, sammelte ein. Aber sie trat mit dem Absatz auf eine Schachtel. Und er, alles verstaut in den Taschen seiner Weiberstrickweste, stand auf.

Steckte sich eine neue an, stand vor ihr, lächelte, kraulte sie erst am Kinn, küsste sie dann auf die Stirn. Und schlug ihr mit der flachen Hand in die abgetakelte Visage. Alles wortlos.

Und sie sah ihn an. Sah in seine versoffene Fresse. Dort rührte sich nichts. Und weil sich dort nichts rührte, wurde jetzt sie treuherzig und zärtlich.

Und sie:

„Oh, mein Lieber, mein Liebschter. Esch tut mir leid."

Warf sich ihm an die Brust. Selig. Säuselte. Küsste ihn ohne Punkt und Komma.

„Oh, mein Lieber, mein Guter."

Und behutsam nahm er jetzt ihren Kopf in seine Hände. Sah zufrieden in ihre zufrieden Visage. Auf den Mund, der einsah, bekannte, flüsterte:

„Bitte schei mir nischt bös, Bärlein. Du hascht ja rescht. Isch brauch das. Du kannscht doch alles von mir haben, was du willscht - Zigaretten und so!"

Und er griff ihre Hüften, wiegte sie. Legte ihren Kopf an seine Brust.

„Is schon gut. Is alles gut, Mutti"

Und nichts, gar nichts störte sie. In ihren versöhnlichen Worten und Händen.

Dann kam die Bahn.

Und da standen sie, stehen sie. Eingehakt. Wieder Arm in Arm. Wankten. Hielten sich, halten sich. Aneinander.

So stiegen sie ein. So steigen sie ein und fahren ab. In die Nacht, ins Ungewisse. *Weiter!* Sie und er. Die alte Vettel und ihr Beschäler. Aber sie fuhren, sie fahren. Nebeneinander. Durch Krankheit und Tod. Denn das Schicksal liebt nicht nur die ohne Ehrgeiz und Namen. Auch die, die gemeinsam fallen und weiter kriechen werden überdauern. Mit ruhigem Gewissen. Also *lebt! Lebt weiter!*

platzrecht

Eine dreckige Fliege um den Hals hockte er am Gehweg. Im Schneidersitz. Hockte auf einer schönen Decke. Hockte gut. Mit der Fliege als Visitenkarte seiner Würde.

Stadtstreicher. Stolz. Frech. Alte Windbluse mit Lederflicken und Brandlöchern. Dazu eine Flöte im Maul. Quäkte auf der Flöte in den Vormittag. Quäkte das Ding nass, sabberte es voll.

Was da rauskam klang nur nach Spucke, klang furchtbar. Aber immerhin...

Und dauernd war er außer Puste, brach die Blaserei immer wieder ab und fluchte leise auf Gott, die Welt, die versabberte Flöte in seinen schmutzigen Pfoten.

Und wieder rappelte es. Im Pappbecher. Noch eine Münze. Zehn oder zwanzig Cent dazu.

Nur rappelte es nicht bei ihm. Denn der Pappbecher stand zehn Meter weiter. An der nächsten Ecke und gehörte einem anderen.

Vollpenner. Vogelscheuche. Verwildert. Verwilderter Bart. Zottelig. Hing nur da, die Beine ausgestreckt, besoffen. Kariertes Kragenhemd, zerschlissen, mit einigen Kotzflecken, Brandlöcher drin wie in einem Schweizer Käse. Den Kopf abgeknickt. In Hosen, die mal weiß gewesen waren. Jetzt gelblich-braun, verpisst.

Tat nichts, bemühte, rührte sich nicht. Hatte nichts mehr zu bieten, die Welt hinter sich. Sabberte in keine Flöte und bekam trotzdem mühelos Almosen.

Das ging dem Stadtstreicher mit der Flöte gegen den Strich.

Er guckte hin, guckte weg, guckte in seine eigene Blechschale. Leer.

Würgte sich mit der Flöte einen ab. Und weiter Ebbe.

Nur der Nachbar kassierte fleißig. Kassierte ohne überhaupt was anzubieten. Mühelos. Würdelos. Mühelos dreist. Lallte nur ab und zu leise auf.

Leute kamen und gingen. Reagierten nicht aufs Angebot. Ignorierten die Flöte. Eisern. Ließen nichts rappeln. Ließen es nur beim Nachbarn, im Pappbecher rappeln. Der reagierte. Wankte bei jedem Rappeln mit seinem abgeknickten und zottligen Kopf. Quittierte dazu mit leisem Lallen.

Und der Stadtstreicher guckte hin, guckte weg, guckte nicht mehr in seine leere Blechschale.

Stand jetzt auf. Schwerfällig wie ein Käfer, verlangsamt wie ein alter Mann. Nahm die Decke, seine Blechschale unter den Arm, die Flöte in die Faust. Tippelte los. Zehn Meter weiter. Die Platzverhältnisse klären.

Guckte nach dem Penner, der an der Hausmauer hing. Fertig, gleichgültig, mit abgeknicktem Kopf.

14

Guckte, hielt die Flöte wie ein Messer. Stieß die Vogelscheuche schließlich damit gegen die Schulter.

Und quäkte:

„Hey, Kumpel!"

Quäkte wie vorher seine Flöte. Wartete, bis die Vogelscheuche sich regte, zu ihm hochguckte. Fertig. Gleichgültig. Mit offenem Maul voller fauler Zähne. Leise lallte.

„Das da is mein Platz. Also, komm. Mach und hau dich woanders hin", quäkte der Stadtstreicher, gab der Vogelscheuche mit dem Arm das Zeichen zu verschwinden.

Aber die Vogelscheuche glotze ihn nur an, kapierte nicht gleich. Kapierte nur, dass der andere was von ihm wollte.

„Jetzt mach, Kumpel. Hoch", quäkte der Stadtstreicher, schwenkte die Flöte. Wartete. Stöhnte.

Half nichts.

Der Stadtstreicher beugte sich vor, öffnete seine alte Windbluse. Gewichtig.

Dort hing etwas. Gewichtig. An seinem dreckigen Pullover. Auf seiner Brust. Über den Pulloverflecken von hundert Mahlzeiten, in allen Farben. Dort hing irgendein alter Karnevalsorden. Schimmerte golden. Das bunte Band war vergilbt. Aber der Orden schimmerte golden. Vor den Augen des Penners.

Und er quäkte, quäkte stolz, wies vor:

„Da, guck. Guck genau hin, Kumpel."

Der Kumpel guckte. Verschwommen, aber guckte zur Stelle, die schimmerte. Guckte, wurde belehrt:

„Das is der Bundesorden. Den hab ich vom Präsident persönlich. Den kriegt ma nur, wenn ma was besondres is. Und wenn ma den hat, dann kann einem keiner mehr was. Da kann ma machen, was ma will. Und ma kann sich hinhocken, wo man will. Und den Platz kann einem keiner mehr madig machen. Also..."

Und er hob den Orden sogar an, die Macht, die ihm sein unveräußerliches Platzrecht sicherte. Hob sie dem Penner direkt vor die Augen.

Und der Penner glotzte, sah einen Moment erstaunt aus. Öffnete kurz den Mund. Da kam etwas raus. Aus diesem Maul mit den faulen Zähnen. Aber was da raus kam, war kein Erstaunen, keine Anerkennung. Nicht mal ein einziges Wort. Sondern ein leises Rülpsen.

Was der Vogelscheuche aber half. Gegen die eigene Verwirrung.

Endlich kapierte sie. Kapierte die Aufforderung. Aufstehen! Kapierte, was die Bewegung der Flöte ihm sagen wollte. Aufstehen und fortgehen! Kapierte und lallte völlige Einsicht, Unterwerfung und Verständnis für den natürlichen Akt seiner Vertreibung. Alles in einem.

Also aufstehen und fortgehen!

Was aber nicht so einfach war. Erst mal das Aufstehen.

Reckte sich, stützte sich, suchte Halt. Kam schließlich hoch.

Aber wie! Nicht wie ein Käfer, nicht mal mehr wie ein alter Mann. Quälte sich hoch wie ein halb toter Hund. Stand auf mit seinen verpissten Hosen, seinem verkotzten Hemd. Schwankte. Schwankte und stützte sich an der Hausmauer. Stand schließlich da. Beriet zum Aufbruch. Aber wusste nun nicht mehr weiter. Wusste nicht mehr, was zum Aufbruch als nächstes zu tun war. Bis er einen Fuß vor den anderen setzte, wieder kapierte, was daraus folgte.

Fortgehen. Mit den Beinen, Füßen. Schritt für Schritt.

Aber wie! In Zeitlupe. Schlurfte in Zeitlupe. Torkelte zentimeterweise. In Zentimeterschritten. Immer eine Hand an der Hausmauer.

Das dauerte. Dauerte länger als ewig. Während der Stadtstreicher daneben stand, wartete. Den langen und umständlichen Abzug des Konkurrenten aber geduldig beaufsichtigte. Mit der Nachsicht des selbsternannten Hausherren, Platzverwalters und Siegers. Mit der Nachsicht des Siegers sogar den fremden Pappbecher mit den fremden Almosen aufhob und dem Verjagten zum Aufbruch in die Pfote drückte.

So, ab mit dir.

Die Reise der Vogelscheuche dauerte lange. Führte sie fort von der Flöte, fort von der Ecke. Die Straße runter. Immer dicht an der Hausmauer des Gehwegs entlang. Schlurfte, verschnaufte, torkelte und strandete. Zehn Meter weiter. Ließ sich an der Hausmauer ab. Ganz in der Nähe, wo vorher der Stadtstreicher gesessen hatte. Stellte den Becher zwischen seine ausgestreckten Beine, knickte den Kopf ab und trat sofort wieder über in seinen alten Zustand. Mit hängendem Kopf in die Welt, die hinter der Welt hing, aber nicht von ihr losließ.

Wie er.

Inzwischen hatte der Stadtstreicher den neuen Platz bereits in Beschlag genommen. Die Decke hingelegt, seine leere Blechschale daneben gestellt. Und trieb wieder seine Spucke durch die Flöte. Minutenlang. Aber vergeblich.

Es rappelte nichts. Nicht bei ihm. Nur wieder im Becher.

Er setzte die Flöte ab, glotzte rüber. Zu seinem alten Platz. Zum Becher. Und er guckte vor sich hin, glotzte auf die Flöte, fluchte leise auf Gott, die Welt. Legte die Flöte weg. Wartete.

Aber die Blechschale blieb leer. Alle Almosen fielen in den Kaffeebecher. Unweigerlich. Wie zum Spott und zu seinem Unglück.

Und er guckte zur Vogelscheuche mit ihrem abgeknickten Kopf, knickte eine Weile selbst den Kopf ab. Wartete wieder. Und bekam wieder mit, wie jemand nebenan etwas einwarf, eine Münze locker machte, die nicht für Lohn, sondern allein für Zustand bestimmt war. Aus einer Welt, in der er selbst leer ausging.

Schließlich verschränkte er die Arme, schnaufte angepisst. Guckte böse auf die Leute, die vorbeikamen. Guckte rüber zur Vogelscheuche, zum Becher.

Stand jetzt auf und packte seinen Plunder. Tippelte hin zur Vogelscheuche, zum Becher. Blieb dort kurz stehen. Trat dann den Becher um und tippelte davon.

Leicht

Also, ich verklickre's dir.
Ich verklickre's dir von A bis Z.
Aber bloß, weil du mir sympathisch bist, Mann.
Und das ist nicht so dahergeredet, sondern voll
ernst gemeint, Alter.

Du bist mau und willst 'ne Karre? So 'ne richtig
billige Schrottkarre? Geht.

Ich sag dir wie du da billig rankommst, ohne
dass du groß 'n kleinen Finger krumm machen
musst. Du musst da raus, musst an den Fabrik-
parkplatz fahren. Da raus, du weißt schon, wo ich
mein, den Parkplatz, wo die Zäune sin. Wo du hinten reinläufst, wenn du einer von den alten Suf-
fköppen von Arbeiter bist, der sich morgens noch
die Klatsche gibt, damit er nich umkippt.
Da gehst du hin, wo die Bahn vorbeirollt. Und da
lässt du's durchblicken. Denn da stehen die Typen
nämlich rum.
Mindestens einer von diesen alten Rumänen, der
was losmachen kann.
Du kannst 'se voll easy erkennen, weil 'se sich alle
so ähnlich sin und eben halt die typisch un-
rasierten Köppe aufhocken ham, und dort rum-
stehen, in all den gleichen dunklen Klamotten.

Riesen Zinken innen Fressen - natürlich um die Kohle zu riechen. Verstehst de!

Und alle tun 'se so verloren und gucken neben raus. Außerdem sin 'se alle balla balla.

Aber einer wo weis, was da so abgeht, der schnallt's natürlich gleich, dass es da was klarzumachen gibt bei den Brüdern.

Geh zu einem von den Typen hin, als würdest du was suchen und bloß so zufällig vorbeikommen. Und frag so nebenher nach Feuer. Weil so hab ich's zum Beispiel nich gemacht und das war mies. Und das kommt eben besser. Und bei keinem von denen bimmelt dann da gleich die Alarmsirene.

So kommst du zum Zug, und der Typ weis dann schon bescheid, wenn er 'n Durchblick hat, dass du was klarmachen willst. Und dann wird er dich abchecken wie du aussiehst. Vertrauen und so. Du weist schon was ich mein. Und dann fragt er dich auch meist gleich, ob du vielleicht interessiert wärst an einer Karre. Verstehst de!

Mann, der tischt dir 'ne Story auf, Alter, dass du nur noch mitten Ohren schlackerst. Von wegen sein Freund oder was weis der Geier hätt' 'n Unfall gehabt und so. Und er wollt den Wagen eh' abstoßen, um sich was Neues zu holen. Oder er könnt 'n nicht mehr halten oder so. Und noch mehr Ammenmärchen - als ob noch irgendwer an den verfickten Weihnachtsmann glaubt! Und dabei reibt er sich dann immer an seinem Kinn, und mit der andern Hand wirbelt er die Kippe in der Gegend rum, als wär er 'n verdammter Dirigent auf Entzug. Alles, weil er doch so 'n armer Teufel is. Verstehst de!

'N armer Teufel, der doch keine Menschenseele kennt, die ihm aus der Patsche helfen und mit Kies entgegenkommen könnt. Und er is ja so schrecklich arm dran und mittellos und steht sich schon seit zwei Wochen Tag für Tag, sogar im Regen die Beinen innen Bauch.

Und keiner könnt ihn praktisch erlösen, außer dir. Du wärst für ihn der große Erlöser, wenn du ihm jetzt seine Karre abkaufen tätest... Oder willst du was Größeres? - Ich glaub mich laust der Affe! Verstehst de!

Halt nein, damit würd' er sich ja verraten. Das sagt er natürlich nich, sondern macht dir sein freundschaftlich unverbindliches Angebot. So ganz nebenher. 'S kann, wie gesagt, so und so ablaufen, Alter.

Also bei mir war's 'n bisschen anders. Ich mein, wie der Typ bei mir angekommen is.

Die Nummer mit 'm Feuer - da hab ich noch keinen blassen Dunst von gehabt. Erst später.

Ich seh' also einen von den Typen da stehen. Und ich schlängle mich so ran, wie einer der nich abwarten kann mit dem was er will. Und wie ich so vor ihm steh, frag ich den Typ auch noch direkt, ich Schlaukopp, Alter! Ich grünes Ei! Kenn mich natürlich mit so'm schrägen Vogel genau so gut aus, wie 'n Bauer, zu dem man sagt, er soll jetzt seinen Scheiß sein lassen, den Mist vergessen und lieber Astronaut werden, weil er da noch mehr von hätt' als als Bauer. Verstehst de!

Klar dass der Typ das spitzkriegt. Und da fragt er mich, ob ich vielleicht noch nich trocken hintern Ohren wär, weil ich nich weis, wie das so unter richtigen Männern abläuft.

Sowas! Mach ich noch in die Windeln oder was?

Doch ich bleib locker und sag zu ihm:

‚He, Alter, glaubst du vielleicht bei mir rauscht 'n Fluss hinter meinen Lauschern vorbei?'

Und der Typ legt daraufhin 'ne Schallplatte von pervers fettem Grinsen auf. Weil er mitkriegt, dass ich was auf 'm Kasten hab.

Dann meint er:

‚Du chast Schwein, dass ich da bin, Jungä.'

Spricht Junge eben halt aus, wie 's 'n echter Ostler ausspricht.

Und dann meint er noch, dass ich das Geschäft, ‚Gäscheft', meines Lebens vor mir hätt'. Denn er hätt' 'n Wagen für mich.

‚Ährlich, Jungä, chanz billig', sagt er, der schräge Vogel.

Voll der gerissene Hund, denk ich da. Gegen den wär sogar der schlauste Fuchs 'n Waisenknabe. Aber voll. ‚Soll Blitz mich sofort totmachen, wenn ich lüg, Jungä', sagt er, immer noch die Jungä-Tour drauf.

Und ich sag schließlich ganz locker:

‚Okay, Alter, lass ma sehen den Wagen.'

Dann schlendern wir über den Parkplatz, vor die Fabrik. Ganz unschuldig und wie grade auf die

Welt gekommen. Dorthin, wo noch andre Typen rumhängen mit ihren Geiergesichtern, die alle unter so einer Art Zelt unterkriechen, zwischen zwei Kleinbussen.

Weist du, Alter, die hocken da unten drin und saufen Kaffee. Und nie labert sie 'n Bulle an.

Voll krass, sag ich dir. Überall, Alter, überall stehen dort Autos rum. Wie in so 'm kleinen Fuhrpark.

Und der und ich, wir laufen zu einer von den Karren. Und ich glotz erst nich richtig hin.

Bis er meint, dass das der Wagen wär.

Und ich guck drauf. Nich so das Wahre, denk ich da. Weil die Karre war schon 'n bisschen älter und 'n paar Dellen war'n schließlich auch drin.

Aber das sag ich dem Typ natürlich nich, weil vielleicht noch was raus zu kitzeln geht.

Da dreht sich der Typ zu mir, als wollt er riechen, was in meiner Birne grad abgeht. Dann grinst er mich wieder an mit seinem perversen Lächeln.

Alter, so 'ne Fresse hab ich noch nie gesehen. Da war jeder Aasvogel 'n Dreck dagegen.

,Na, - wieder das Jungä-Gefasel- hab ich versprochen zuviel?'

Und ich nick nur und sag:

,Nich schlecht. Hast du aber vielleicht nich noch was andres?'

Doch der schräge Vogel, Alter, zuckt der doch bloß die Achseln und tut wie wenn er wahnsinnig drüber enttäuscht wär, dass ich den Schrotthaufen nicht will. Verdammt, der Typ tut wie wenn er sich schuldig fühlt, bloß weil er jetzt keinen andren Wagen da hat. Verstehst de!

Gottverdammt, Alter! Ich mein, die ham den Dreh voll raus, wie sich so was am Besten deichseln lässt. Die drehen dir, wenn's sein muss, schneller ihre Alte an, als der liebe Gott erlaubt. Zack! Und schon sitzt du in der Tinte.

Aber wieder kratzt sich der Typ da am Kinn, meint:

‚Spring rein in Wagen, Jungä. Ich habe Sitze gemacht neu. IA. Supergut'

Und da hängt mir auch schon 'n Schlüssel vor den Glupschern.

Und während ich da drin sitz und mir den ganzen Klimbim aus Armaturen anguck', gibt mir der Typ voll Futter mit seinen ganzen verfluchten Angaben. Was der Wagen noch alles so drauf hätt'. Rattert los wie so'n MG. PS und so.

Ich klemm mich also hinters Steuer. Und der Typ labert mir derweil die ganze Zeit die Ohren voll. Labert auf Teufel komm raus. Als wollt er damit mehr als mir bloß die Schlüssel andrehen.

Was weis ich.

Er quatscht und quatscht in einer Tour, und am Liebsten würd' ich zu ihm sagen, dass er jetzt endlich mal die Klappe halten soll, damit ich mir hier drin alles in Ruhe reinziehen kann.

Aber er hört nich auf und quatscht weiter. Er drängt und drängt.

Das es noch mehr junge Leute gäb', die scharf drauf wär'n. Und ich jetzt endlich zugreifen soll. Und laute so Blödsinn, wie:

,...wenn du nich nimmst, bist du Holzkopf, Jungä..'.

,He, Alter', sag ich da, ,kann ich mir das Ganze erst mal in Ruhe reinziehen?!'

Alter, da kippt der doch glatt aus den Latschen. Der geht'n Schritt zurück und hebt die Arme, wie als wär er verhaftet.

,Ja ja, kein Probläm!' :sagt er. ,Du sagst, wenn gefällt und du willst! Nur dann.'

Und ich denk: He, du Arsch! Gefällt? Willst? Du willst mir den Schrotthaufen doch schon die ganze Zeit einreden?

Und er: Ich soll ruhig sitzen bleiben. Er ging rüber zu den andern, zu seinen Klau-Brüdern, um sich 'n Kaffee zu holen.

Jetzt drückt der mir auch noch den Schlüssel in die Pfote. Drückt mir das Ding im Ernst direkt in die Hand und sagt:

,He verdammt, nichts dagegen. Lass ruhig Motor an, Jungä!'.

Und dann haut er ab, der Geierkopp. Holt sich seinen Kaffee.

Und ich denk, meint der Typ das jetzt wirklich ernst? Is das nich 'n Geschenk, dass der mir den Schlüssel in die Hand drückt?

Ich seh' die Zündung vor mir und seh' im Rückspiegel, wie der Typ wegläuft. Seh' die Zündung und den Schlüssel in meiner Kralle. Bloß 'n biss-

chen Blech, das ich nur in den verdammten Schlitz vor mir stecken muss - und ab die Mutter...
Das is die Gelegenheit, denk ich da, während mir ganz anders wird.

Der Typ latscht einfach rüber und traut mir, als wär ich sein Sohn oder als wüsst' er meine Adresse und hätt' alles über mich in der Hand. Als hätt' er meinen Perso in der Tasche und bräuchte bloß abzulesen, wo ich wohn. Verstehst de!

Also gut, denk ich. Du willst es so? Du willst es wirklich?
Ich seh' die Zündung vor mir. Die wird immer größer und größer. Ich stier sie an wie 'ne Offenbarung. Ich sag's dir, Mann.
Ich sitz in der alten Dreckkarre, starr aus 'm Fenster und guck wieder innen Rückspiegel.
Da steht plötzlich wieder der Typ und hält locker 'ne Tasse Kaffee in der Hand.

Aber hey, Moment! denk ich da. Wenn ich jetzt los rausch, einfach den Schlüssel in den Schlitz schieb und ab die Mutter... vielleicht geht das gar nich und der Wagen hat 'ne Art Sperrung?
Aber dann überleg ich: Wenn der mir schon den Schlüssel in die Pfote drückt, der schräge Aasvogel, dann kann ich doch voll abzittern! Weil, bis der drin sitzt in einem andern Wagen oder mich überhaupt noch groß sieht - da könnt ich doch ab durch die Mitte und mir die fette Marie für die Karre genauso gut sparen. Verstehst de!

Einfach verduften, geht's mir wieder und wieder durch die Birne. Und ich bin schon voll dabei den Schlüssel reinzuschieben...

Was ich aber dann doch nich mach. Weil ich's plötzlich schnall. Weil ich schnall, was läuft.

Alter, ich sitz also noch 'n paar Minuten in der Dreckkarre und hör auf mich irre zu machen. Da kommt der Typ endlich zurück. Das heißt, ich seh' ihn gar nich.

Aber auf einmal klatscht was neben mir an die Scheibe. Dann kann ich seinen Kittel sehen, wo innen 'ne Knarre steckt. Und ich, am Rumfahren, krieg voll den Schreck.

Denn was seh' ich? Meinen Lappen, wie er draußen an der Scheibe in der Klaue von dem Mistkerl steckt. Und dahinter wieder das pervers fette Grinsen von seiner Geierfresse, die alles weis. Als wär's Hellseherei gewesen.

Die Tür geht auf, von außen.

Ich hab se nämlich nich aufgemacht in dem Moment.

Dann, oh Mann! kommt sein Kopp runter. Die Fresse, neben dran die Klaue, die mir meinen Lappen hinstreckt. Genauso wie 'se mir vorher unter die Klamotten gegangen is.

Pervers, Alter!

Ganz süß, verdammt süß, kommt sein:

‚Na, was is jetzt, Jungä?'

Und ich, scheiß mir dabei fast in die Hosen, sag nur:

‚Gut'.

Verdammt, ich kann nich mal durchatmen, so 'n Brocken von Riesenkloß hab ich im Hals.

Ich will also die Brieftasche rausholen. Da drückt seine Klaue doch meine Hand zurück.

Und er sagt:

‚Bist du Verrückter, Jungä? Kein Geld, hier'.

Dann setzt er sich auf der Beifahrerseite rein, der alte Geierkopp.

Zu zweit sitzen wir da. Und wie der Typ mich da wieder anlächelt. Alles bloß fauler Zauber. Wie 'n lieber Onkel lächelt er mich an. Und mit meiner eiskalten Pfote drück ich ihm gleich drauf die Kohle in die Hand, nachdem er seinen Preis nennt. 500 Eier.

Ich verdammter Idiot, der geprügelt gehört, weil er nicht mal drüber nachdenkt zu feilschen. Nich nachdenkt, weil mir der Arsch auf Grundeis geht. Obwohl's nur 500 Eier sin.

Aber trotzdem muss mein Hirn irgendwie doch noch funktioniert haben. Denn ich frag den Typ nach Papieren.

Aber denkste, dem fällt fast die Fresse runter. Der sitzt da und plötzlich spielt er den Unschuldsengel, mit seinem:

‚Ach, Jungä, Papierä!'

Die wären eh voll für'n Arsch. Aber wenn ich die unbedingt wollt, weil ich 'n guter ‚Jungä' sein wollt, hier wären die Dinger.

Und er zieht so 'n zerknautschten und zusammengefalteten Blätterhaufen aus der Jackentasche und drückt mir den Scheiß hin, während mir immer wärmer wird, wie ich mit dem Typ jetzt so dasitz'. Is voll drückend im Wagen.

Und ich denk: Alter, jetzt wird 's aber höchste Zeit zu verduften.

Und dann so was! Fragt der mich doch, ob ich nich noch Än Transporter von ihm kaufen wollt.

Ha ha, warum nich gleich 'n Hubschrauber zum Rumzufliegen! Klar sicher will ich den, Alter. Unbedingt doch, denk ich.

Er hätt' da jedenfalls so 'n neues Angebot aus seiner Klau-Quelle. Wahrscheinlich schon morgen.

Und die Leute würden ihm deshalb schon die Bude einrennen.

,Aber für dich, Jungä, ich kann Transporter reservieren.'

,Nein... ich brauch keinen Transporter', sag ich.

Dann, Gottseidank! bin ich ihn endlich los -

,Na, viel Spaß mit Wagen, Jungä!'

Und ich sitz drin in der Dreckkarre, steck endlich den Schlüssel ins Zündloch. Und dann: nichts wie ab, Alter, und volle Kanne los. Und wenn der Auspuff abfliegt, scheiß drauf!

der roller

Für Kemal war die Welt lange gut.

Seine Welt, das waren die nächsten fünf Häuserblocks, sein Viertel. Und dort herrschten Harmonie und Frieden. Leben und leben lassen.

Sein Gemüseladen war der Mittelpunkt seines Universums. Obst und Gemüse sein Leben. Morgens, sobald es hell wurde, fuhr Kemal mit seinem Transporter auf den Großmarkt, feilschte dort um Tomaten und Zitronen. Verkaufte tagsüber mit einem Gefühl liebenswürdiger Umgänglichkeit seine Waren. Und abends, sobald die Sackkarren im Eck stand, war er ein zufriedener Mann.

Zufrieden mit seinem Tagewerk, zufrieden mit dem geschäftlichem Regelwerk der Welt und zufrieden mit sich selbst.

Dann hockte Kemal in einem geleimten Klappstuhl vor seinem Laden, genoss die Sonne und das eigene Leben als kleiner und bescheidener Verkäufer.

Im Grunde war hier, auf Erden alles bestens. Geordert, übersichtlich und sicher. Genau wie in seinen Auslagen. Alles so praktisch wie die Banane, so einfach wie die Gurke und so süß wie die Trauben.

- Dachte er.

Bis Gerd auftauchte.

Und da, mir nichts, dir nichts, widerfuhr ihm dieser Alptraum.

Als Moslem, der hin und wieder die Moschee besuchte, verabscheute Kemal was gegen seine Überzeugungen sprach. Aber im höchsten Maß verabscheute Kemal eine gewisse Fleischsorte, deren Geruch plötzlich über seinen Auslagen hing.

Denn auf einmal gab es diese neue Grillbude. Direkt in der Nachbarschaft. Auf dem freien Platz schräg gegenüber von Kemals Laden. Eine Grillbude, die wie aus dem Nichts dastand und sofort anlief. Und Gerd, ihr Besitzer hielt sie am Laufen.

Von jetzt an zogen die Dünste von der Grillbude des neuen Nachbarn in regelmäßigen Abständen zum Gemüseladen. Von jetzt an überdeckte der Geruch von Bratfett die feinen Gerüche von Obst und Gemüse am Straßeneck. Von jetzt an roch Kemal also ständig gebrutzeltes Schweinefleisch.

Über Nacht hatte sich für Kemal die Welt da schlagartig verändert.

Auf seinem Leben, friedlich, bescheiden und selbstzufrieden, lag plötzlich ein Schatten.

Zuerst versuchte Kemal mit der neuen Situation klarzukommen. Erst ignorierte er die Grillbude. Der Gestank kotzte ihn zwar an. Aber dagegen war nichts zu machen. Also kümmerte er sich ganz um seine Auslagen. Nach einer Weile fand er allerdings, dass sein Obst und Gemüse vorm Laden den Geruch der Grillbude annahm.

Die Melonen, der Salat, die Tomaten - alles stank nach Gegrilltem. Nach Fleisch. Nach gegrilltem Schweinefleisch!

Das konnte man nicht mehr verkaufen. Das war alles für die Tonne!

Kemal räumte seine Auslagen, verzog sich mit seinem Obst und Gemüse komplett in den Laden.

Aber auch das half nichts.

Selbst im Laden, bei geschlossener Ladentür und surrendem Ventilator roch für Kemal plötzlich alles nach Gegrilltem. Nach Fleisch. Nach gegrilltem Schweinefleisch!

Es kam durch irgendwelche Ritzen, es gab kein Entrinnen davor. Weder draußen, noch drinnen.

Das glaubte Kemal und spann den Faden noch weiter.

Schließlich stanken nicht nur die Waren, nicht nur der ganze Laden - es stanken sogar seine Kleider und überhaupt alles. Nach Gegrilltem. Nach Fleisch. Nach gegrilltem Schweinefleisch!

Und Kemal wurde übel.

Während Gerd, drüben in seiner Grillbude für die dickbäuchigen Säufer, die dort abhingen, unverdrossen Würste und Steaks auf seinen Grill schmiss. Dort ging es mittlerweile feucht-fröhlich zu. Von früh bis spät. Gejohle, Sauferei und Gelächter. Bratdünste und Hundegebell - Hundegebell, das von Gerds Dogge stammte.

Der Gestank und die eigene Übelkeit wurden für Kemal langsam zur fixen Idee. Die Grillbude mit ihrer Sauferei, ihrem Gelächter und Hundegebell wurde zum Terror für seine Sinne.

Und bald zum Hassobjekt.

Die Bratdünste und das Gejohle verfolgten ihn. Sogar ins Bett. Er träumte von Schweinegedärmen und Innereien, wachte schweißgebadet auf.

Aber das war noch immer nicht alles.

Etwas fehlte noch.

Schon morgens hörte Kemal diesen Roller, hörte sein Gebrumme. Gerds Roller!

Und erst der Roller, der noch unsichtbare Roller und sein Gebrumme verpassten Kemals Hass auf Gerd irgendwann das i-Tüpfelchen!

Kurz drauf bog dann der verhasste Roller in die Straße. Der Roller und auf dem Roller Gerd - die fette Sau!

Kemal sah. Er sah Gerds speckiges Gesicht, das unterm Helm hervorquoll. Er sah die Dogge, die hinter Gerd saß und hörte das Gebrumme. Er sah und hörte, und Ekel und Hass schüttelten sich in Kemal die Hände.

Vom Roller war unter der Gerds Masse fast nichts zu sehen. Von vorne nur ein Fettbauch, der morgens anrollte. Von hinten nur ein Fettarsch, der abends abrollte. Morgens Fettbauch, abends Fettarsch. Und alles auf Rollen, samt Gebrumme.

Dazwischen Gestank, Gelächter und Gebell.

Tag für Tag ging das so.

Bald wusch Kemal sich jeden Tag fünfmal die Halbglatze, weil sie ihm ranzig und verklebt vorkam. Vom Gerillten. Vom Fleisch. Vom gegrillten Fleisch!

Und traurig dachte Kemal an die alten Zeiten. Ohne Gerd, die Grillbude, den Krach und Gestank. Dachte an die schönen, alten Obst- und Gemüsezeiten. Den verlorenen Frieden und die zerstörte Harmonie. In seinem Viertel. In seiner Straße. Seiner kleinen Welt.

Noch immer hoffte er - hoffte Gerd und Bude, die Säufer und die Dogge würden irgendwann wieder von selbst verschwinden. Ins Nichts.

Dorthin, wo sie alle hingehörten, bevor sie aufgetaucht waren.

Aber dann erfuhr Kemal von einem seiner Kunden, dass Gerd den freien Platz, auf dem die Grillbude stand, von der Stadt gekauft hatte.

Das versetzte Kemal den endgültigen Schlag. Gerd würde bleiben. Von jetzt ab ein unverrückbarer Bestandteil in seinem Leben. Für immer. -

Für immer Gestank, Gejohle und Gebelle - und für immer dieser Roller.

Jetzt war Kemal soweit. Der Feind ausgemacht. Durchs Fernglas, mit dem Kemal irgendwann am Fenster über seinem Laden stand und das Treiben an der Bude ausspähte.

Im Fernglas tauchte Gerd auf. Gerd mit seinem Grillfleisch. Gerd mit seinem Fettbauch. Gerd mit seinem Schweinegesicht. Gerd, der genüsslich und mit hämischem Grinsen in eine Wurst biss.

Hämisch in Kemals Augen. Hämisch, da er gute Geschäfte machte. Hämisch, da er Kemals Kundschaft vergraulte. Hämisch, da er, Kemal, nichts dagegen tun konnte.

Gerd, die Drecksau! Die sich drüben eingenistet hatte und breit machte... Gerd, die Drecksau! Die auf keinen Rücksicht nahm... Gerd, die Drecksau! Die tat, als wäre die Straße und alles ringsum sein...

Einige Wochen passierte nichts, und alles in der Nachbarschaft ging seinen bisherigen Gang.

Man schürte. Kemal heimlich seinen Hass, Gerd offen seinen Grill.

Aber dann passierte etwas.

Auslöser war Kemals Fensterscheibe.

Die Scheibe von Kemals Laden war immer blitzblank. Vor Gerd, seit Gerd. Vor Gerd putzte und wienerte Kemal die Scheibe einmal täglich, seit Gerd so oft wie seine Halbglatze.

Das blieb natürlich nicht unentdeckt.

Jedenfalls waren auf der Scheibe eines Morgens massenhaft Schlieren - Fettschlieren samt Fettresten. Von Händen. Längs, quer. Wie beim Handmalen.

Wie, wer und auf welche Weise das Fett dorthin kam wusste niemand.

Außer Kemal.

Mit dem ging das Fett durch. Der war sich sicher und sah das Fettgeschmiere als offenen Kriegserklärung.

Von da an verbrachte Kemal keine ruhige Minute mehr ohne Rachegedanken.

Gerd eins auswischen. Das war sein Ziel. Dafür lohnte es sich anderes zu vergessen. Denn anderes war plötzlich unwichtig.

Kemals Geschäft ging langsam die Bach runter. In seinem Laden sah es aus wie Sau. Das Obst und Gemüse begann zu stinken. Die Bananen verfaulte, die Gurken schimmelten, um die Trauben wuselten die Fliegen.

Bald kaufte niemand mehr dort ein.

Und der Verfall des Ladens übertrug sich auf seinen Besitzer. Ungepflegt und verwildert kauerte Kemal mittlerweile hinter der Ladenkasse und schmiedete Rachepläne.

Es ging hin und her, hin und her. Der Feind war ausgemacht.

Erst verbreitete Kemal das Gerücht Gerds Würste seien aus Gammelfleisch. Im Gegenzug ließ Gerd seine Dogge vor Kemals Ladentür scheißen.

Dann krepierte die Dogge an einem mit Rattengift gespickten Steak. Dafür zerschlug Gerd mit einer Eisenstange nachts die Fensterscheibe von Kemals Laden.

Aber die Gleichgültigkeit hatte Kemals Sorge um den Laden längst völlig abgestumpft.

An Gerds Bude sah es mittlerweile nicht viel besser aus. Das feuchtfröhliche Gejohle war verschwunden und das Gebell verreckt. Aus Furcht vor dem nächsten Anschlag öffnete Gerd nur noch zweimal die Woche seine Bude.

Da war nichts mehr mit Leben und leben lassen. Kein Tagewerk, kein Regelwerk, kein Friede mehr auf Erden. Man lauerte, berechnete, suchte die nächste Schwachstelle.

Kemal schloss seinen Laden, zog sich plötzlich völlig zurück. Die zerschlagene Fensterscheibe war zugeklebt mit Pappe. Jetzt mehr Tier als Mensch kauerte Kemal tagelang in seinem dunklen Laden.

Gerd wunderte sich. Der Feind rührte sich nicht, der Laden blieb ruhig blieb. Und Gerd brütete, ahnte Böses, wusste, dass vom Laden etwas Unheilvolles auf ihn zukommen würde. Und er traf Vorkehrungen, verriegelte die Imbissbude doppelt, mit zwei Vorhängeschlössern. Mehr war nicht möglich.

Er spekulierte. Aber das war sinnlos.

Eine ganze Woche ging um. Gerd wurde mulmig. Dann tat sich etwas.

Gerd entdeckte es morgens. An seiner Bude. Sah es schon von weitem und war bestürzt.

In rotem Spray stand auf der Klappluke seiner Bude, groß und zittrig: ‚NAZI‘.

Nervös und mit flauem Gefühl fertigte Gerd an diesem Tag den harten Kern der Säufer ab.

Am Abend passierte es dann. Nachdem er abgeschlossen und hinter der Bude die beiden Schlösser angebracht hatte fiel er aus allen Wolken.

Sein Roller war weg.

Sofort fiel sein Blick auf Kemals Laden.

Sein Roller - das war ein Angriff auf sein Leben.

Monate der Wut, Monate des Hasses kamen in ihm hoch. Die Wut packte ihn, der Hass lenkte ihn. Von Anfang war dieser Mann, dieser verhungerte Neidhammel von gegenüber gegen ihn. Von Anfang an wollte ihn dieser kahlköpfige Hurensohn schädigen. Von Anfang an wollte ihn diese heimtückische Drecksau nur vernichten. Nur weil er auch da war, ein bisschen leben, atmen und mit seinem Roller...

Gerd explodierte, handelte noch in der gleichen Nacht. Ging fort, kam wieder. Einen Kanister Sprit unterm Arm. Ohne den geringsten Widerstand leerte er den Kanister gegen Kemal Laden. Sogar die Flamme am Streichholz, das in Gerds zittrigen Fingern steckte, zitterte. Und zitterte schließlich stümperhaft gegen den Laden.

Es brannte sofort, brannte unglaublich schnell. In einer einzigen Sekunde stand die ganze Vorderfront von Kemal Laden in Flammen.

Und Gerd, den leeren Kanister unterm Arm, rannte fort über die Straße. In Richtung seiner Bude.

Das Feuer erhellte die Umgegend, warf sein Licht auf die Bude.

Und da fuhr Gerd das Entsetzen ihn die Glieder. Aus der Dunkelheit glänzte etwas. Lack, Metall.

Gerd blieb stehen, starrte auf die Umrisse, erkannte deutlich was da glänzte.

Hinter ihm stieg das Feuer immer höher. Schon brannte das ganze Haus.

Aber Gerd war wie betäubt. Benommen ging er zum Roller, der unbeschadet vor der Bude stand. Dort abgestellt, zum ersten mal gegen die Gewohnheit. Aus reiner Vorsicht.

Aber im nächsten Augenblick sprang Gerd irgendwas Großes an. Durch die Luft sauste, weit ausgeholt, ein dicker und langer Knüppel. Und der Knüppel traf ihn hohl, dumpf und mitten auf die Stirn. Mit wabbelndem Fettwanst kippte Gerd nach hinten um. Wie ein umgestoßener Kartoffelsack. Dann ertönten bereits Sirenen.

Blaue Lichter huschten umher, zuckten durchs Feuerlicht und an Hausmauern entlang.

Mit eingeschlagenem Schädel lag Gerd am Rinnstein, in den sich ein roter Bach ergoss.

„eine Brezel, bitte!"

Inter?"

„Inter, si, mein Freund, Inter Milano!"

„Ach, Milano!" schrie ich.

In der Ferne ächzten die Gleise.

„Ich hab gesehen letztes Spiel. Nix gut, schlecht, ganz schlecht. Und Baggio auch voll schlecht. Wie kranke Hund."

Giovanni, die Tasse, war sauer. Auf Baggio. Machte Baggio und Inter runter. Unter seiner Jacke drückte sich das zwei Finger breite Päckchen nach außen.

Er sah meinen Blick.

„Meine Tante. Du willst?" fragte er.

Und ich:

„Heute Weihnachten?

Aber er:

„N'katzo, Weihnachten!"

„Gut. Dann nicht."

Ich kannte Giovanni von der Großküche im Krankenhaus. Aus der Spülküche. Ein fetter Schwätzer und Großtuer, aber sympathisch. Nahm sich selbst nicht zu ernst. Hieß überall nur die Tasse. Denn Tassen waren sein täglich Brot,

Tassen sein Beruf. Schmutzige Tassen, die er von schmutzigen Tabletts nahm. Schmutzige Tassen, die er am Spülband kopfüber auf die Plastikzapfen steckte. Gespülte Tassen, die er in den Tassenwagen verstaute, rausfuhr zum Band. Manchmal vertickte er nebenbei Weed, Speed und Pep. Aber das war seine Sache. Gebt der Welt, was der Welt gehört. Schließlich, wo ein Angebot, auch immer eine Nachfrage. Selbst wenn nur der Preis interessiert.

„Wenn der zieht, eine Bahn nur", deutete Giovanni auf Carlo, „er sagt zu seiner Frau die ganze Nacht, dass ihm schlecht."

Carlo, der Teller, schmunzelte. Mit seinem breiten Kreuz lehnte er an einem der Pfeiler. Große, glasige Augen. Sorgenvoll. Wie Giovanni die Tassen, besorgte Carlo in der Großküche die Teller.

Wir hatten uns zufällig getroffen, standen unterm kaputten Vordach vom Bahnhof. Neben der Treppe zur Unterführung.

Es war früher Abend. Wir alle warteten. Auf den richtigen Bus.

Der Bahnhof war ein Dreckloch. Alles verrostet, schäbig, runtergekommen.

Auch der Pfeiler, an dem Carlo lehnte und seinen Sorgen nachhing, war rostig. Auch die eigene Zukunft war nicht rosig, eher rostig. Auch seine Augen waren nicht sorglos, sondern der Querschnitt seiner Sorgen. Die Zukunft und seine Frau...

Erst ganz zaghaft muckte er sich:

„Sie rausgeworfen..."

Dann schnaufte er, wurde energisch:

„Wegen dreißig Cent, il mio padre. Dreißig! Kannst du dir vorstellen?!" sah er mich an.

Es stank neben der Unterführung. Dort unten lag Müll, dort unten pissten immer die Penner hin.

Entlassen werden wegen dreißig Cent? Ja!

Ich nickte, konnte es mir vorstellen.

Wenn Penner in irgendwelche Unterführungen pissen werden auch Leute für dreißig Cent entlassen. Oder noch weniger.

„Nur weil sie gut war zu kleinem Jungen, kleinem Türkenjungen, wo war so groß", führte Carlo seine Hand vor den eigenen Oberschenkel.

Giovanni stand jetzt breitbeinig, die Hände tief in den Hosentaschen, grinste.

„Er hat gehabt Hunger, aber nicht genug Geld um ein Brezel zu kaufen. Nur dreißig mehr das Stück. Und er hat vierzig gehabt. Da hat meine Frau Mitleid gehabt, wie der Junge geguckt hat. Hat sie ihm den Rest geschenkt. Und sie hat nur vergessen das Geld in die Kasse zu legen. Als der Chef dann gekommen ist, voll der fette Sack, mit fettem, weißem Mercedes und Rolex an Arm hat er nachgezählt. Er hat nachgezählt was noch da gewesen ist von Laugenstangen und Brezeln. Hat dann die Kasse nachgezählt und meine Frau auch gleich voll angemacht. Hat gar nicht zugehört. Und sie war so dumm, war ehrlich. Hat voll den

Starken gemacht, der Chef von ihr. Diebstahl und so. Hat sie dann rausgeworfen, der fette, alte Sack. Hat geschimpft, sie würde stehlen. Was? Ein Brezel stehlen? Ein Brezel für sechzig Cent? Das ist nix. Und er fährt einen Mercedes, hat eine Rolex. So ein reicher Mann und macht so ein Stress. Wegen nix! Raffst du das?"

Raffen, dass ein reicher Mann, der tausende von Euro besitzt wegen dreißig Cent Stress macht? Ja!

Ich raffte das. Wer einem reichen Mann nur einen Cent nimmt, nimmt ihm alles. Vor allem seinen Glauben an die Möglichkeiten des Lebens. Denn ein Cent ist ein Cent ist ein Cent. Und dreißig mehr als ein Ei. Und aus dem entsteht alles. Ja, ich raffte das.

Aber ich sagte:

„Nein."

Giovanni grinste nur. Sein Goldzahn grinste, der Eckzahn oben, links.

Und Carlo:

„Dabei war er vorher scharf auf sie. Sie hat erzählt, dass er sie immer angemacht und probiert hat. Sie soll das machen und das machen. Hat immer mehr gefummelt. Erst am Arm, dann Rücken und so. Bis sie ihm irgendwann ‚Pfoten weg' gesagt hat. Von da, er hat nur nach einem Grund gesucht, sie rauszuwerfen. Glaubst du mir?"

Ich glaubte ihm. Nickte.

Männer sind schwanzgesteuert. Mal mehr, mal weniger und abhängig vom Ziel.

So will es die Natur. Lacht uns aus und hält uns doch die Stange. Wie die Frauen. Uns Jungen, uns Männer, uns Greise.

„Und ich war so voll Wut, als sie mir erzählt und geweint hat. Wenn ich da gewusst hätte, wo der Chef wohnt, der Bastardo! - ich wäre hingefahren und hätte...“

Carlo unterbrach. Ein paar alte Schachteln mit Einkaufstaschen kamen zwischen uns durch.

„Killer!“ schrie Giovanni plötzlich.

Die alten Schachteln zuckten zusammen, schickten Giovanni entrüstete Blicke.

Giovanni, die Tasse, der Schrecken der alten Weiber, grinste. Grinste die alten Schachteln an: Nur Spaß. Zwinkerte ihnen zu: Und, ihr alten Hühner, geht noch was? Grinste weiter.

Er selbst hatte was mit so einem alten Huhn. Ü50. Kochte ihm gut. Sagte er.

Man sah es. Das passte. Warum auch nicht?

Dann war wiedertote Hose. Und Carlo fing wieder an. Jammerte:

„Ich musste sie trösten. Hat die ganze Zeit geweint. Kapierst du! Und nur weil sie so gutes Herz hat für andere, und es nicht gepackt hat, den Jungen stehen zu lassen. Wo sie selber nur ein paar Euro in der Stunde verdient hat. Jetzt ist sie arbeitslos. Denkst du, die findet irgendwo was, wo sie wieder so einfach anfangen kann. Wenn die sie fragen wieso sie rausgeworfen... Was? Gestohlen? Das wollen wir nicht, sagen sie dann.“

Giovanni grinste unentwegt weiter. Grinste sich eins.

„Meine Kinder sind traurig, weil ihre Mama dauernd am Weinen ist. Nur wegen dem alten Dreckskerl! Ich muss ihnen am Bett singen, damit sie vergessen wie traurig ihre Mama ist. Als wenn der alte Sack nicht schon genug Kohle hat. Hat fünfzehn, fünfzehn! Stände für Brezeln. Kennst du sicher, heißen Knusperbrezeln. Il mio padre, fünfzehn! wo Leute Brezeln kaufen. Soll Gott ihn totmachen. Mama Mia! Jetzt haben wir noch weniger wie vorher. Wäre ich so wie der da mit seiner Tante", deutete Carlo auf Giovanni, „ich hätte immer Kohle. Aber weil ich Familie habe, mache ich nicht. Nicht zu gefährlich dafür, aber ich habe jung geheiratet. Ich schulde der Familie. Ich muss sorgen für sie. Denn ohne mich, oh, wo sollen meine Frau und Kinder hinkommen?"

„Hure oder Bettler!" rief Giovanni, grinste. Aber Carlo verzog nur müde den Mundwinkel. Klebte mit dem Hinterkopf am rostigen Pfeiler. Schwieg jetzt beharrlich, guckte ins Trübe.

„Mein Freund", meinte Giovanni zu mir. Guck mal, der Alte da. Voll dreckig, mit seine ganzen Lumpen und Zeug, wie der dasitzt!"

Ich trat vor hinterm Pfeiler, schaute auf die andere Seite vom Vorplatz. Dort hockte ein alter Ramschhändler, eine ramponierte Gitarre auf dem Schoß. Vor ihm eine Decke mit ausgebreitetem Ramsch. Haushaltsartikel. Plastikschüsseln,

Töpfe, Besteckkasten, Pfannen. Alles Schrott. Daneben parkte die alte Handkarre.

„Wäh!"

Giovanni war angewidert.

„Bevor ich so... wäh! Lieber geh ich kaputt als so Schrott, wo nix wert ist, zu verkaufen. Lieber meine Tante, oder? Mach ich wenig, merkt das keiner. Nur wenn du zu viel willst, dann fällt das auf. Oder?"

„Nein, fällt nicht auf", sagte ich.

Sicher, du willst nicht viel, aber Vieles will dich. Und findet dich immer dann, wenn du vergisst, dass du nur wenig willst. So ist das. So läuft das. Der Mammon schläft nicht.

„Oh!" rief Giovanni.

Der Bus kam. Ihr Bus.

Wir verabschiedeten uns. Faust. Und ab.

Das waren Giovanni, die Tassen und Carlo, der Teller. Fuhren davon. Im leeren Bus. Der eine mit einem Grinsen, der andere mit trüber Fresse. Für heute zusammen in ihr künstliches Pep-Paradies. Für morgen getrennt. Der eine mit in eine sorglose Welt, der andere in eine sorgenvolle Zukunft. Oder umgekehrt. Am Montag beide wieder zur Alltagssoße, zu den Tassen und Tellern der Großküche.

Nur der alte Ramschhändler und ich bleiben zurück.

Und der Alte saß unverändert vor seiner Decke. Ich sah auf die Uhr. Zum Teufel, wo blieb bloß der Bus? War wieder irgendeine Alte überfahren

worden, die ihrem losgerissenen Hund nach-
wollte?

Ich wollte heim, mir was in Pfanne hauen, mich
gemütlich hinfläzen.

Langsam schlenderte ich über den Platz, guckte
mir den Schrott des Alten genauer an.

Der Alte saß da als hätte er nie an einer anderen
Stelle gesessen.

Und in seinem Schoß rührten ein paar Knochen-
finger jetzt die Bassseite der Gitarre. Immer nur
die Basssaite. Ununterbrochen und mit gleich-
mäßigem Widerhall. Klang gespenstisch. Im
Wind. Am linken Rand der Decke lag ein altes
Bügeleisen, am rechten das Bügelbrett. Gegen den
Wind. Niemand würde auch nur ein Stück von
seinem Schrott kaufen.

Ich ging noch näher, begriff endlich. Die anderen
Saiten der Gitarre waren alle hin.

kali iii.

Um Mitternacht flog der graue Sack über die Mauer.

Drüben raschelte es, klirrte der Sack.

Der Mond war raus, störte ihn. Aber Ringo hatte schon drei Stunden gewartet. Den Aschenbecher in der alten Karre vollgequalmt, das Fangeisen ausprobiert. Jetzt war ihm der Mond schnuppe.

Er warf den Sack, stieg hinterher. In seinem Mantel, mitsamt Stiefeln.

Stand auf, packte den Sack.

Vorsichtig trat Ringo durchs Gebüsch auf den Weg. Über den Plan wanderte eine Taschenlampe, suchte. Der Plan, den ihm der König zugesteckt hatte war eingerissen, die Stelle markiert mit einem roten Kreuz.

- Schatzsuche für Verblödete. Ausgedacht von Bescheuerten. Ausgeführt von einem Idioten. Der für die Verblödung aber bezahlt wurde.

Die Taschenlampe ging aus.

Ringo sah sich um, seufzte, steckte sich ein Zigarillo an und ging los.

Der König kam ihm wieder in den Sinn. Hoheitsvoll, kühn und stolz - eine Witzfigur, die im Leopardenfell auf ihrem verzierten Holzthron hockte. Hielt in gebieterischer Pose das Zepter, während seine singende Stimme Ringo persönlich diesen Auftrag erteilte.

König Kali III... dieser Verrückte! Verblödeter Nigger. König Kali III... Hockte tagsüber in seiner Werkstatt, schraubte und bastelte im Blaumann an Autos und Rollstühlen wie jeder andere Mechaniker. König Kali III... Stand in der Werkstatt auf du und du mit seinen Angestellten, riss Witze und spielte den Lockeren. Und abends spielte er den König. Mit einer schon albernen Ernsthaftigkeit, die keinen Widerspruch duldete und völligen Respekt forderte. Von jedem, der unter seinem Dach wohnte. Von jedem, der ihn privat besuchte.

Außer ihm. Ringo. Er hatte beim König eine Sonderstellung. Dank der Rollstühle. Damit machte Ringo den König glücklich.

Und jetzt diese bescheuerte Idee, dieser bescheuerte Auftrag. Aber für sage und schreibe viertausend Euro. Immerhin viertausend Gründe das Bescheuerte an der Sache zu vergessen. Auch wenn die Idee bescheuert war. Klar, auf wessen Mist die Idee gewachsen war. Und sie war bescheuert. Und wie!

Das musste man sich mal ernsthaft überlegen!

Also, dieser König hatte seit kurzem eine neue Freundin. Natürlich ein blondes Püppchen. Was sonst... Auch Ringo hatte sie schon gesehen. Klar, dass der König da dauernd mit ausgebeutet Hose rumlief und bald Herzchen in den Augen hatte. Wollte das blonde Püppchen unbedingt heiraten.

„Meins!"

Aber dieses Püppchen willigte leider nur unter bestimmten Bedingungen ein. Die Hochzeit sollte traditionell sein, streng nach den Riten des Landes, aus dem König Kali III stammte.

Einfach bescheuert!

Und deshalb stiefelte Ringo also mitten in der Nacht umher, um -

„Hör mal", meinte Ringo. Am Vorabend. Bei der Audienz des Königs. Im Wohnzimmer des Königs. Der Holzthron war eine Nummer für sich. Schnitzereien mit Straußenfedern und Löwenpranken an den Lehnen. Sehr aufwendig, sehr hübsch. Da war Geld.

„Hör mal, ich bin doch nicht bescheuert, Kali. Das ist gefährlich. Ich breche da ein und dann? Das Vieh ist giftig, oder?"

Und der König auf seinem Holzthron, mit Krone und leicht gekränkt:

"Ich gedacht, du und ich, wir sind Freunde. Tausend!" bot der König.

Es waren die Rollstühle. Die Rollstühle legten den Grundstein für ihre geschäftliche Zusammenarbeit. Durch die Rollstühle kamen Ringo und der König zusammen.

Woher Ringo die Rollstühle nahm?

Das war so. Ringo war eine stadtbekannte Erscheinung. Ein stadtbekannter Faulenzer und Rumtreiber. Um die vierzig. Dünn, langhaarig und leicht verwahrlost. Hatte diese Cowboymacke. Trug abgetretenen Cowboyboots und einen schmutzigen Staubmantel. Dazu ständig pleite. Aber immer das Zigarillo in der Visage. Trotzdem hatte Ringo gute Beziehungen zum Altersheim in der Bücherstraße. Trieb sich seit fast zwei Jahren ständig dort rum. Fraß gratis in der Küche des Altenheims, sparte seine Sozialhilfe. Besorgte ab und zu die Mülltonnen und machte den Hilfsgärtner. Damit's nicht so auffiel.

Kein Wunder. Seine Tante saß dort, im Sankt-Josef nämlich in der Verwaltung. Und das Sankt-Josef war das größte Altenheim der Region. Da lagen tausend Greise zusammengepfercht, von denen viele nicht mehr gehen konnten. Da ging schon was. Da fielen dauernd Rollstühle ab.

Das Tantchen konnte dem geliebten und treuen Unglückswurm von Neffen einfach nichts abschlagen. Nichts abschlagen, weil er ständig pleite war. Ständig pleite, weil arbeitslos. Arbeitslos, weil glücklos. Unglückswurm eben. Da musste geholfen werden. Auf ganz pragmatische Art.

Und so genoss der Schmarotzer von Neffe, der mit seiner Mitleidsmasche beim Tantchen den richtigen Nerv traf, in vollem Umfang die Vorzüge einer ausgezeichneten Rollstuhl-Quelle. Wurde über Wasser gehalten. Durchs rührseliges Tantchen, das für ihren armen und glücklosen Neffen vor nichts zurückschreckte. Nicht mal vor falsch abgeschriebenen Rollstühlen.

  Denn im Sankt-Josef kam es unentwegt zu irgendeinem letzten Schnapper, gaben irgendwelche wunden Knochen- und Runzelärsche unentwegt ein paar verwaiste Rollstühle frei. In der Regel jeden Monat zwei bis drei. Immer wieder. Endlos.

Und Ringo kassierte alle Rollstühle. Die Rollstühle der toten Greise. Einen endlosen Strom von Rollstühlen.

Im Gegenzug bedachte er sein geliebtes Tantchen ständig mit ihren Lieblings- keksen. Den Runden mit den Kokosraspeln. Schließlich wusste er, was sich gehörte. Allein die Aufmerksamkeit und der gute Gedanke zählten. Nach übereinstimmender Ansicht von Tante und Neffe.

Die Rollstühle verscherbelte er dem König. Holte abends aus der Werkstatt des Königs den Transporter und lud sie auf dem Hinterhof des Sankt-Josef ein. Und der König zahlte dafür. Nicht mal schlecht. Bis zu dreihundert Mücken für einen Rollstuhl. Nur bei vollfunktionsfähigen Exemplaren selbstverständlich. Der schickte sie in seine Heimat, sein Königreich: *Kaliland*. Das war irgendein ein Zwergstaat, irgendwo in Westafrika. Nicht mal groß genug, dass er irgendwo geographisch Erwähnung fand. Ein Zwergstaat mit ungefähr zweitausend Untertanen. Offenbar gab es dort einen großen Bedarf an Rollstühlen.

Statistisch besaß in Kaliland mittlerweile schon jede Familie einen Rollstuhl. Nachdem, was Ringo im Sankt-Josef und der König selbst in der Region bereits abgegriffen hatten.

Für seine Hilfslieferungen aus Deutschland, die Hilfslieferungen an Rollstühlen liebte das Volk seinen König. So hieß es jedenfalls. Vom König selbst und seinen Leuten.

„Ey, Mann, 'n Rollstuhl is 'n Rollstuhl. Aber das is was was andres. Mir geht's dabei nicht um die Kohle, Mann. Mir geht's um... um die Garantie. Bei Dingern mit denen ich mich nicht auskenn', da pass ich auf", meinte Ringo, steckte sich ein Zigarillo an. Mitten im Wohnzimmer des Königs. Mitten vor dem Thron des Königs. Mitten in der Audienz. Aschte auf den teuren Läufer.
Machte nix.

Der König selbst erhob sich vom Thron. Nachsichtig. Gab Ringo einen gelben Plastikaschenbecher. Verzieh die ungehobelte Unart und verletzte Etikette. Hockte sich wieder.

„Hör zu, Kali", runzelte Ringo jetzt die Stirn und schmunzelte, „kauf ihr zur Hochzeit doch einfach 'n BMW oder 'n Ring mit so 'm dicken Klunker drauf. Da is sie bestimmt auch glücklich, hm?"

„Hat sie schon. Will die Hochzeit nur mit die Schlange."

„Nur mit ‚der' Schlange. Und hinterher schmeißt ihr das Vieh in den Mülleimer, oder was? Blödsinn, sag ich. Fahrt zum Heiraten doch einfach in den Zoo. Die im Zoo haben bestimmt nix dagegen. Da brauchst du auch mich nicht."

„Geht nicht. Die Schlange muss sterben. Zweitausend!" erhöhte der König.

„Ach - sooo. Und welcher Zoo hat deine Schlange?" seufzte Ringo.

„Stuttgart."

„Stutt-gart!!!" rief Ringo fassungslos. „Du willst mich also wirklich nach Stutt-gart schicken? Wegen so 'm Scheißdreck? Sag mal, Kali, hast du se noch alle?

„Dreitausend!" schrie der König.

„Dein Ernst? Wie wär's mit fünf?"

„Nein, dreitausend!"

„Also vier."

„Gut, viertausend! Aber jetzt Schluss!" brauste der König auf.

Viertausend... soviel hatte Ringo nie besessen. Noch nicht mal auf einem Haufen gesehen. Er, der Rumtreiber, Faulenzer und Versager, der sein Sozialgeld und Tantchens Zuschuss sofort wieder unter die Würfel und Karten brachte. Er war wie die meisten. Hatte er fünf Kröten in der Tasche mussten sie sofort raus. Und zwar mit Pauken und Trompeten. Hoppla!

Und hoppla! Jetzt sah er sie - die Brieftasche des Königs, sah den Batzen, den Kali herausholte und ihm entschlossen vorzeigte.

Und Ringo schaltete endlich.

Da war nichts mit der Gemütlichkeit der Kaffeepause, wenn der König den Lockeren markierte. Jetzt war der König kein Mechaniker mehr, der ständig kicherte und Witze riss. Jetzt war der König König, spielte den Herrscher und wurde beherrscht. Von seinem Entzücken für dieses blonde Püppchen: ‚Meins!'

Das wiederum verlangte nach einer waschechten ‚Mamba'. Die musste her, und nichts geringeres.

Ohne Schlange, keine Hochzeit. Ohne Hochzeit, kein ‚Meins!'

Jetzt wusste Ringo es genau. König Kali III. war ein Depp.

Aber auch das Geld von einem Deppen ist Geld. Auch das wusste Ringo. Vielleicht wusste es das blonde Püppchen noch besser.

Musste so sein. Machte aus dem Nigger einen Kasper, einen Hampelmann, zog an der Strippe.

„Okay", stimmte Ringo dem Auftrag zu.

In der einen Hand noch immer den gelben Aschenbecher, gab er die andere dem König und grinste:

„Und was mach ich, wenn ich erwischt werde?"

Darauf der König:

„Maul halten. Nix verraten. Ich helfe dir."

„Okay", drückte Ringo den Stummel in den gelben Plastikaschenbecher.

Der war hier ein Ausreißer. Passte nicht. Nicht in dieses Wohnzimmer mit seinem Putz. Den Kriegsspeere, den Schildern und Trommeln. Lauter Krempel, mit dem er nach einer Einladung zum Essen junge Dämchen beeindruckte, die ihren Wagen in seine Werkstatt brachten. Vor allem korpulente Blondinen. Hinter denen war der König nämlich nach Feierabend her. Bis vor kurzem. Bis ‚Sie' kam, seine Neue, die ihm gründlich den Kopf verdrehte. Und er vor lauter Begeisterung auf ihre Forderung einging.

Die Audienz war beendet. Der Schwachsinn beschlossene Sache. Nur brauchte der König noch, musste seine Hochzeitsvorbereitungen treffen.

Also drückte sich Ringo bei Tantchen im Altersheim rum, machte inzwischen noch ein paar Rollstühle klar und wartete.

Bis der Anruf kam.

Dann fuhr er zu Kali, steckte eifrig die Hälfte im Voraus ein, erhielt den Plan, bekam Sack und Pack. Und fuhr nachmittags los.

Wahrhaftig Richtung Stuttgart.

Bevor er dort mitten in der Nacht in den Zoo einstieg. Allein um diesen bescheuerten Auftrag des Königs auszuführen, das auf die bescheuerte Idee dieses Püppchens zurückging. Blödsinn.

Aber ein Blödsinn für viertausend Mücken! Und auch noch kriegen... da war man selbst nicht ganz bescheuert.

Ringo lief. Immer am Wegrand entlang. Im Mondlicht. Immer wachsam. Den Sack überm Buckel, in dem es manchmal leise klirrte. Das Handfäustel und das Fangeisen. Rauchte dabei.

Auf ‚alte Art' heiraten. Mit Schlange. Nur damit irgendein blondes Püppchen angenehm erschauern und sich großtun konnte - vor irgendwelchen anderen Püppchen. Sicher.

Macht sich nicht selbst die Pfoten schmutzig, der Depp. Hat mich als Nigger. Nimmt keinen von seinen eigenen Niggern. Hat Schiss. Will nicht reingezogen werden.

Ringo blieb stehen. Am Wegrand. Im Mondlicht. Rauchte auf, schnippte den Kippenstummel ins Gebüsch.

Wieder strahlte die Taschenlampe überm Plan.

Wo? Affenhaus... Vogelgehege... hier lief man sich die Beine in den Bauch.

Ringo lief weiter, fasste wieder nach den zweitausend Euro in seiner Hosentasche. Waren noch da. Waren sicher.

Ringo lief und stand endlich. Vor der Eisentür in der Mauer. Daneben war das mannshohe Fenster. Vergittert, aber machbar. Schmal, aber ging.

Jetzt Sack ablegen. Sack öffnen. Entleeren. Fäustel raus. Umsehen und lauschen. Warten. Mond verschwand kurz. Sack vors Fenster halten. Fäustel anheben. Drauf damit.

Und warten. Lauschen. Und wieder drauf. Die übrigen zweitausend Euro winkten. Ihm, dem Versager, der überall mit fraß und schmarotzte, wo es nur ging.

Und warten. Umsehen. Und noch mal mit dem Fäustel. Dann die Glasränder wegkratzen. Unterm Sack. Geschafft.

Für das alles brauchte Ringo eine halbe Stunde. Dann war der Weg gefunden.

Ringo probierte. Das reichte. Kroch durchs Fenster. Verschwand im Loch.

Am nächsten Morgen führ Lutz B. , ein typischer Bauernschädel in der Gegend um Heidelberg, an seinem Rübenacker vorbei.

Da stimmte doch was nicht!

Wie sahen die Rüben bloß aus?

Ruiniert! Zum Teufel... Und was stand da diese Karre mitten in seinem Acker?

Auf einer Länge von fünfzig Metern klaffte eine Schneise quer durch die Rüben. Dort, wo der alte Wagen von der Chaussee abgekommen war.

Lutz hielt an, stieg aus, ging vorsichtig ran.

Da hockte einer drin. Pennte überm Lenkrad. Verletzt? Besoffen?

Merkwürdig.

Und Lutz B. wummerte gegen die Scheibe.

Sinnlos. Begriff endlich und rief schnurstracks die Bullen.

Ringo müffelte schon. Der offene Sack lag auf dem Beifahrersitz. Die Schlange darunter. Totgetreten.

ratzfatz

Du fragst ernsthaft wo 's zum Glück geht?
Alles Roger, Kumpel. 4 Euro das Päcken Kippen, 50 Cent die Kaugummis. Und du bist drin. Immer gradeaus, die Straße lang, ins Blaue sag ich dir. Und nich denken. Nur nich denken. Nix da mit Denken und Planen.

Da is das Glück. Alles auf Zufall. Was immer deinen Weg kreuzt! Das hier unten is nämlich nicht deine Party. Da gibt es nix zu gewinnen. Du bist nur ein weiterer Gast, der irgendwann wieder abzischt. Genauso wie er gekommen is.

Ich sag, lass es laufen, mach dich locker und nimm alles… alles! wie 's is.

Wie sonst willst du's in dieser Welt aushalten? Diese Welt is 'n Witz! Und wir, die wir 'se gemacht haben, sowieso.

Geh irgendwo hin, 'ne Nummer schieben, sauf dich voll, verdien 'n Arsch voll Kohle, sei ehrgeizig, sei faul, sei dumm, sei schlau. Ach, is immer und überall dasselbe. Immer!

Der Einzelne is immer der Depp. Und geht am Ende leer aus, weil das Pferd, auf das er setzt, immer das falsche is.

Weist du auch warum?

Weil jeder meint, er könnt die Karten, die er kriegt, irgendwie austauschen. Aber das is nicht drin. Keiner kann da was austauschen und keiner da was bescheißen.

Du spielst - mit den Karten, die du kriegst. Basta!

Frag die Leute, Kumpel. Frag die Putzfrau, frag den Geschäftsmann, frag jedes Arschloch. Irgendwo is immer der Wurm drin. Im Kopf klappt alles. Aber in der Wirklichkeit... da is das Problem. Reden is billig. Aber was umsetzen...

Wer kalkuliert verliert. Aber statt was draus zu lernen, macht jeder nur immer wieder die gleichen Fehler. Is zum Weinen! Alle hetzen nur ihren Vorstellungen nach. *So* soll und muss es sein. *So!* Und nix andres.

Ich sag: nix erwarten, nix sich ausrechnen. So lebt's sich leichter.

Wo und mit was in dieser Welt willst du denn scheitern? Mit nix, Kumpel. Mit gar nix! Denn man kann hier nur eins: Mensch sein! Und sonst nix. Nur wer nich Mensch ist, die andern vergisst und stur sein Ding durchdrücken will, der geht baden. Andern zuhören und helfen. *Es tun* im richtigen Moment. Und *nich denken*, was für dich dabei rausspringt. Da liegt's.

Und das hat nix zu tun mit dem Scheiß von Nächstenliebe, den dir die Gutmenschen und Heuchler in die Ohren säuseln. Nur mit Menschlichkeit. Denn ratzfatz is das alles vorbei. Und du bist nich mehr. Ratzfatz.

So is das, Kumpel.

Und weil wir grade dabei sind erzähl ich dir sogar noch mehr, bevor du den Abflug machst. Du hast Zeit, ja? Das is gut. Noch 'n Kaffe gefällig. Hier. Heutzutage hat nämlich keiner mehr Zeit. Alles rennt nur noch in der Gegend rum, jagt irgendeinem Scheißdreck nach und macht blabla. Seh's doch. Guck nur, Kumpel. Brausen in den dicksten Schlitten an meiner Bude vorbei und gucken nur, wo sie was abgreifen können...

Aber du stehst noch immer da. Willst also wirklich zuhören? Gibt's das noch, ja? Also sperr die Lauscher auf, Kumpel und hör dir die Sache mit Valentin an.

Valentin - netter Junge, anständig und brav. So anständig und brav wie er sich unanständig vor die S-Bahn geschmissen hat.

Aber der Reihe nach.

Der Valentin war schon 'ne arme Sau, bekam dauernd eins auf den Deckel. 'N richtiger Pechvogel eben, wie man's so sagt. Will meinen, der größte Pechvogel, der mir je untergekommen is. Und ich schleich schon ne Weile rum auf der Welt, würg mir einen ab und guck dumm aus der Wäsche. Dreißig Jährchen halt ich die Bude hier jetzt schon am Laufen. Da kriegt man allerhand mit, Kumpel, von dem Stuss, den die Leute so verzapfen. Und immer wieder reiten se sich selber rein... und lernen 's nich... und lernen 's nich...

Kumpel, niemand kennt den Ärger, den ich schon gesehen hab!

In der Reuter-Sieglung, dort hat Valentin gewohnt. In so einem Kaninchenkasten von Wohnblock, wo überall Satellitenschüsseln raushängen. Haben alle zusammengewohnt, die ganze Familie. Opa, Oma, seine kranke Mutter und er.

Zuerst mal hat seine Mutter ins Gras gebissen. Da bekam Valentin den ersten Knacks. Biss ins Gras, die Mutter. Und das ungefähr 'n Monat nachdem er achtzehn geworden war. Mit Torte und dem ganzen Schnick-Schnack. Bis dahin hat seine Mutter noch den Bogen gekriegt und durchgehalten. Aber dann ging's ratzfatz. Haben se ins Sterbehospiz nach Mannheim gebracht. Irgendein Krebs. Soll angeblich schon ausgestreut haben, soll total verkrebst gewesen sein. Mit Operation und Bestrahlung war da angeblich auch nix mehr zu machen. Und weil se zu spät war is se dort dann krepiert. Seine Mutter war also tot. War noch nicht mal Mitte dreißig...

Schöne Scheiße, klar! Aber daran gab's eigentlich nix zu deuten. Soll ja vorkommen, was? Kann ja jeden erwischen. Immer.
Bloß dass das Ganze noch 'n Schönheitsfehler hatte. Den konnte man für Valentin nich so ratzfatz wegradieren. Das heißt, Gutgläubigkeit in der Verwandtschaft hin oder her. Er hat jedenfalls immer gedacht, dass seine Mutter seine Mutter gewesen wär. Hatte er auch recht. Sie war aber auch noch was andres für ihn.

Denkste!

So kommt's manchmal. Besonders wenn man einem von fast zwanzig Jahre vorgaukelt: Das, siehst du, das ist deine Mutter, Kleiner.

Aber nein, Kumpel! Das hatten se ihm nur so untergejubelt. 'Ne Riesenente.

Zu dem, was vorher abgelaufen war - da gab's nie 'n Sterbenswörtchen drüber. Aber kaum war seine Mutter hin, da bekam die Oma plötzlich den Moralischen. Hat dem Jungen endlich mal reinen Wein einzuschenken. Die Alte hat mal gründlich ausgepackt. Alles!

Über seine Mutter, seinen Vater, seinen Opa. Seien Vater, den hatte man vor ihm für verschollen erklärt. Den es gar nicht gab. Denn sein Vater war sein Opa und seine Mutter gleichzeitig seine Schwester.

Und das is dem Jungen übel ins Hirn gesickert, hat dort irgendwas verdreht. Da kam alles durcheinander.

 Wie auch nicht?

Fängt ja alles mit der Familie an. Den Leuten, denen du vertraust. Macht man dir das kaputt, geht deine ganze Welt aus den Fugen.

 So geht das zu. Im Großen wie im Kleinen.

Und der Junge... hat sowas wie 'n Trauma gekriegt oder wie man das nennt.

So hat der Irrsinn bei ihm angefangen. Mit Religion.

Ausgerechnet! Als wenn's sonst nix andres gäb', an dem man versucht die Scheiße abzustreifen.

Fing an, überall die Leute über den lieben Gott aufzuklären. Überall, auch hier an meiner Bude is er rum gelatscht, hat Hinz und Kunz angequatscht. Hat erzählt, er würd' bald Pfarrer werden. Von Nächstenliebe, den zehn Geboten und Jesus. ,Bekenne, bereue, öffne dein Herz' und solches Zeug.

Ging für ihn auch nicht mal schlecht los. War im Grund wie hausgemacht, wenn du dir die Pfaffen mal anguckst. Die sehen doch oft irgendwie mickrig aus, wie richtige Würstchen und reden immer so bedächtig. Valentin, der hat nich nur so ausgesehen, so zart und sensibel, sondern lag auch auf der selben Wellenlinie mit den Pfaffen. Hätt' sich das Verständnis für andre sogar aus 'm Allerwertesten gezogen, wenn's notwendig gewesen wär. Nur dass er für sich selber zum Schluss keinen Funken davon mehr hat raus quetschen können.

Spätestens nachdem Valentin das mit dem Praktikum vergeigt hatte.

Da war's aus.

Haben ihn zum Praktikum für irgendeine Ausbildung als Pfaffe - kenn ich mich da aus? - ins Jugendheim gesteckt. Dort gab's dann aber irgend 'ne Geschichte. Mit den kleinen Jungs... hat mir einer erzählt... ich will ja nix behaupten...

Jedenfalls haben se ihn fallen lassen wie 'ne heiße Kartoffel.

Is hierher gekommen. Zu mir. Kannte ihn ja. Schon als Knirps. Hatte noch seine dämliche

Bibel unterm Arm. Hat bei mir rum gejammert: ‚Oskar, was soll ich denn nur tun?' Buhuhu...

Jetzt sag du mir, Kumpel, was für 'n Rat soll man so 'm Würstchen denn geben? So 'm armen Schwein, das bei allen unten durch und neben rausgefallen is? Hm? Kopf hoch? Wird schon werden? Morgen is 'n neuer Tag? Bockmist, Kumpel! Da säuft einer ab und was rufen dem die meisten zu: ‚Keine Sorge, kommt bestimmt bald 'n Rettungsring vorbei. Wart nur noch 'n Weilchen.' Tsssssssssssssssssss.

Na, im Grund war ich auch nicht besser. Hätte ihn zum Irrenarzt schicken sollen. Aber was mach ich? Die Brieftasche auf. ‚Da!'
Und er: hatte den Hunni in seiner Klaue, als wüsst' er gar nich, dass es sowas gibt. Klar, dass so einer selbst dann nich die Sau rauslassen kann, wenn man ihm nich nur die Adresse für den nächsten Puff gibt, sondern noch an der Hand hinschleppen würd'. Tsssssssssssssssssss.

Am nächsten Tag is er wieder angelatscht gekommen. Wieder mit der dämlichen Bibel unterm Arm. Und 's war noch schlimmer mit ihm.

‚Und? - auf den Putz gehauen?' hab ich 'n gefragt. Kumpel, der Hunni war futsch! Genauso gut hätt' ich mir auch selber eine reinhauen können.

‚Was hast 'n damit angestellt? hab ich 'n gefragt. ‚Der Kirche gestiftet? - Was? Verschenkt! - An wen? - An ein paar Kinder?'

Ne, ne, ne... Da war nix zu machen. Bekam einfach nicht mehr die Kurve, der Junge. Fing immer wieder von vorne an. Auch bei mir an der Bude: ‚Gott sagt dies und Gott meint das... Man muss die Menschen lieben...'

Hab solange nix gesagt, bis er mir die ganzen Leut vergrault hatte.

Half nix. Musste ihn fortjagen. Hab ihm Hausverbot erteilt. Ganz auf die Sachte natürlich. Dann hab' ich lang nix mehr von ihm mitgekriegt. Hab nur mal zwischendurch gehört, dass er nachts am Bahnhof von ein paar Assis verprügelt worden is. Haben ihn ziemlich zugerichtet. Is deswegen im Krankenhaus gelandet. Hat ihnen wahrscheinlich gepredigt, dass er se liebt. Is denen damit vermutlich tierisch auf'n Sack gegangen.

Weis ja wie der Junge nerven konnte..

Hab ihn danach noch einmal gesehen. War vorm Rathaus. Hat dort rumgestanden und gepredigt wie ein Irrer. War an dem Punkt auch schon richtig irre. Aber komplett. Hat gepredigt und dabei gelispelt. Wahrscheinlich weil ihm die Typen ein paar Zähne rausgeschlagen hatten. Wär fast zum Lachen gewesen, wenn's nicht so traurig gewesen wär.

Bin dann kurz stehengeblieben, hab ihn mir angeguckt. Hat mich gar nich erkannt... oder nich mehr. Bin dann einfach vorbeigegangen...

... war ja beschäftigt... hab ihm nich helfen können...

So geht der eine am andern vorbei und kann ihm nicht helfen, weil er selbst zu tun hat...

Naja. Und dann hat er 's ja auch gemacht. Da hinten bei der Brücke, dort is es passiert. Der Tony, der als Kellner am Bahnhofseck arbeitet hat's mir später erzählt. Von oben runter und von vorne drüber. Ratzfatz.

Soll 'ne ziemliche Schweinerei gewesen sein. Feierabendverkehr, und dann die S-Bahn voll mit Leuten.

Bullen, Feuerwehr...

Tja, der Valentin, der Junge... 20 Jahre alt. Das war's. So is das...

Noch 'ne Lucky? 4 Euro. Wir sehen uns, Kumpel. Und vergiss nich, immer die Straße lang, ins Blaue sag ich dir. Und nich zuviel denken. Da is das Glück. Alles andre is nur Selbstverarsche.

pech

Wütend kam er aus dem grauen Bau.
Verurteilt.
Er tobte, spuckte auf die Außenplakette des Gerichts und schrie unentwegt:
„Steuerhinterziehung!"
Dabei zerrte unser Hitzkopf an seiner Krawatte, zerrte an ihr, bis ihm ein loser Lappen um den verbogenen Kragen hing.
„Gehören alle umgelegt, die Dreckschweine!!!"
Seine Wut war so groß, schon am nächsten Kiosk blieb er hängen, teilte seinen Ärger einem menschlichen Wesen mit.
Es traf den Mann im Kiosk.
Das übrige Klientel am Kiosk war ziemlich abgehalftert, erinnerte ganz an die Gemeinheiten des Schicksals. Drei Typen, die gerade dort rumlungerten. Und alle wie er: mit berechtigter Klage auf Schadenersatz und Wiedergutmachung beim Leben. Da waren: Ein maulfauler Pole, ein geschwätziger Säufer und ein Kippen-Schnorrer, der für den Säufer den Co-Kommentator gab.
Der maulfaule Pole süffelte nur schläfrig an einer Limodose. Aber der Säufer schwenkte ständig einen kleinen Flachmann, gab zu allem was gesagt

wurde seinen Senf dazu. Der Kippen-Schnorrer, gleich daneben, begnügte sich dagegen ganz mit seiner Ironie und den Kippen, die er von den andern schnorrte.

„Da zahlt man wie 'n Bekloppter 'n Arsch voll Steuern, wird abgezockt. Und dann kriegt man noch eine aufgebrummt für 'n Furzjob, weil man seinen Kindern später was geben will. Sie wissen, was ich mein: Zukunft und so. Wie sich 'n Vater sowas halt vorstellt. Aber darauf scheißen die ja! Der Staat - die wollen dich nur gängeln und ausnehmen!" suchte unser Hitzkopf Verständnis. „Ja ja, 'n mieses Schwein muss man sein, um zu was zu kommen. Gut! Dann werd' ich eben auch eins!"

Mit starker Anteilnahme dämpfte der Mann im Kiosk seinen Ärger:

„Ma langsam. Immer langsam mit 'n jungen Hunden, mein Liewer. Ich hab da 'ne Flasche, mein Geheimvorrat!" Er grinste. „Von der weis die Alte nix. Is nix Besondres", führte er bescheiden an. „Nur 'n Fernet. Aber der bringt Sie 'n bissel runter."

„Ich versteh' das alles nicht..."
Kopfschüttelnd und in bitterer Stimmung nahm unser Hitzkopf den Schnaps frei haus entgegen.

„Und immer kommen sie einem mit Neid. Neid! Als wenn ich neidisch auf andre wär. Ich muss doch selbst gucken, wo ich bleib. Sie denn nicht?"

Und während der Mann im Kiosk abtauchte, unter einem Haufen Illustrierter kramte, beäugte der Säufer hoffnungsvoll unseren Hitzkopf.

„Ich kenn das. Weis genau, was Se meinen", pirschte er sich zaghaft heran, zeigte sich solidarisch. „Das war bei mir genauso. Wissen Se, meine Frau war krank...", musste er schlucken, als er die Flasche sah - die beiden Schnapsgläser.

„Dank Ihnen auch", griff unser Hitzkopf zu.

„Prösterchen aufs Trösterchen", meinte der Kioskmann munter, stemmte die Pfütze Fernet im Schnapsglas.

„Ach, von so was kann doch jeder 'n Lied singen", brachte sich der Kippen-Schnorrer im Hintergrund nun mit ein. Sogar der Pole machte bei so einem heißen Thema kurz das Maul auf, gab gratis Tipps.

„Da chilft bloß totschlagen oda so, isch sag Ihnen", murmelte er, bevor sein struppiger Kopf wieder schläfrig über der Limodose baumelte.

Unser Heißsporn hatte sich durch den Schnaps etwas abgekühlt, biss an.

„Wie war 's denn bei Ihnen?" erkundigte er sich jetzt bei dem Säufer.

„Also, nun ja...", begann der Säufer eine rührige Geschichte über seine kranke Frau. Zwei Sätze. Und:

„Wenn Se mir noch 'n Kleinen ausgeben könnten", flocht er geschickt sein Hauptbedürfnis ein, verwies auf seinen leeren Flachmann. Bekam ihn. Der Kippen-Schnorrer, über seinen Nachbarn im Bilde, gluckste nur ironisch.

„...und dann ab in die Psych...", quasselte der Säufer unsren Hitzkopf voll.

Der hing am Haken. Und der Kippen-Schnorrer, ohne Kippe, erinnerte sich, roch den Moment und trat kurz zu unserem Hitzkopf. Erfolgreich.

„Nett von Ihnen", nahm er den geschnorrten Glimmstängel.

Unser Hitzkopf wirkte nun mehr und mehr erleichtert.

Jeder hatte seine Probleme. Andern ging es ähnlich. Das war so tröstlich.

Und bereits in versöhnlicher Stimmung ließ sich unser Hitzkopf einen Becher Kaffee zapfen, lauschte. Allerdings beging der Säufer einen entscheidenden Fehler. Das Missgeschick führte seine zittrige Hand. Und unser Hitzkopf bekam den heißen Kaffee auf seine Hose.

Da war es natürlich Essig mit all der Versöhnlichkeit. Unser Hitzkopf verabschiedete sich nämlich sehr aufgebracht und lautstark vom Kiosk. Trollte sich zu seinem Wagen, knurrte und wischte dabei über seine heiße, nasse Hose.

Aber was zum...

„Hey, hey", schrie er und hängte sich an den Abschleppwagen. Eine Hand am Außenspiegel, eine an der runtergelassenen Scheibe. So brüllte er durch den Krach der Winde, mit der sein Wagen gerade hochgebockt wurde.

„Stop, anhalten. Hey, Sie, ich bin doch da."

Das grobe Gesicht des Fahrers unter der verschwitzten Schirmmütze stutzte. Da hing plötzlich einer an seinem Abschleppwagen.

Der Fahrer hörte nichts, stoppte die Winde.

„Was 'n los!?"

„Mein Wagen!", brüllte unser Hitzkopf.

„Und?" fragte der Fahrer, verwies humorlos auf das Parkverbot. „Sehen Se das da? Da is 'n Verbotsschild. Nicht gesehen, hm?"

„Aber ich bin doch jetzt da... ich bin doch da", hielt unser Hitzkopf an, stand noch immer auf dem Trittbrett, hing noch immer an der runtergekurbelten Fahrerscheibe.

Der Fahrer wurde jetzt langsam sauer, lehnte sich aus dem Fenster, guckte unsrem Hitzkopf direkt ins Gesicht: „Jetz hör'n Se ma zu. Ich mach hier nur meine Arbeit. Die Polizei ruft mich und ich schlepp ab. Hab ich das Ding dran is es vorbei. Gehen Se zur Polizei. Die sagen Ihnen, wo Se Ihren Wagen wieder kriegen. Das is alles", schloss der Fahrer, ließ das Fenster rauf und setzte die Winde wieder in Gang.

Und unser Hitzkopf ließ los, wich hilflos zurück, stand daneben und sah hinterher, als der Abschleppwagen mit seiner Beute davonfuhr.

Verurteilt, abgeschleppt.

Da war nichts zu machen.

Trotzdem - zum Kotzen!

Wütend marschierte unser Hitzkopf also zur nächsten Haltestelle. Unterwegs begann es aus heiterem Himmel zu gießen. Ausgerechnet.

Auch da war nichts zu machen.

Trotzdem - zum Kotzen!

Die Überdachung an der Haltestelle war voll mit Leuten. Die nächste Bahn ging erst in zehn Minu-

ten. So stand unser Hitzkopf außerhalb, zähne-
knirschend und die Fäuste in den Jackentaschen.

Als die Bahn dann endlich eintraf war er schon
nass bis auf die Knochen.

Verurteilt, abgeschleppt, patschnass.

Und in der Bahn - überall ausdünstende Körper,
an denen er sich mühsam vorbei zwängte. Da
wurde geschoben, gestoßen, gekeilt, während die
Bahn absauste. Um die Kurve. Und unser Hitzkopf mittendrin. Verlor das Gleichgewicht. Fand
dadurch aber immerhin er einen Sitzplatz. Direkt
auf dem breiten Schoß einer fetten Frau.

Die giftete:

„Sitzen Se auch bequem, ja?"

An ihrem Doppelkinn zählte er ganze drei Bart-
haare.

„Sorry", hauchte unser Hitzkopf, kämpfte sich
wieder hoch, ins Gedränge.

Was für ein beschissener Tag. Zum Kotzen!
Heim, nur heim!!!

Aber da zwängte sich ein Kontrolleur durch, verlangte seinen Fahrschein.

- Den er nicht hatte.

Also griff unser Hitzkopf zermürbt nach seinem
Portemonnaie, wollte kleinlaut das Bußgeld für
die Schwarzfahrt berappen. Griff nach seiner Ge-
säßtasche, wühlte.

Und die Hitze der Bestürzung stieg ihm in den
Kopf.

„Ich... irgend 'ne Sau hat meinen Geldbeutel geklaut", erklärte er dem Kontrolleur.

Der Kontrolleur seufzte. Dem war alles scheiß-egal.

„Sicher. Dann den Ausweis."

„Hab ich doch nicht. Ich sag Ihnen doch, jemand hat mir's ganze Portemonnaie geklaut. Verstehen Sie?"

„Ja, doch. So was passiert hier jeden Tag", meinte der Kontrolleur. „Heut morgen schon dreimal. Gell, Ernst?" rief er quer durch die Bahn nach seinem Kollegen.

„Wenn Se dann so freundlich wären und mit uns aussteigen."

„Aber..."

„Möchten Se mit uns aussteigen oder brauchen wir die Polizei?" wurde der Kontrolleur langsam vehement. Dem war anscheinend doch nicht alles scheißegal.

Unser Hitzkopf schüttelte nur den Kopf, grinste spöttisch und stieg mit aus.

Verurteilt, abgeschleppt, patschnass, bestohlen. Und wieder in den Regen.

Die Polizei kam trotzdem, stellte seine Personalien fest. Die Kontrolleure schrieben ihr Bußgeld. Hundert Euro.

Unser Hitzkopf diskutierte eine Viertelstunde, wurde patzig über den Bußgeldwisch, schluckte notgedrungen seinen Ärger. A
uch da war nichts zu machen.

Trotzdem - zum Kotzen!

Den Wisch in der Tasche kam er schließlich nach Hause.

Verurteilt, abgeschleppt, patschnass, bestohlen und verwarnt.

Allerdings seiner Frau ungelegen. Denn sie lag gerade im Bett. Mit einem anderen.

Unser Hitzkopf fackelte nicht lange. Nach kurzer Verdeutlichung der Lage schnappte er den Kerl im Genick und beförderte ihn unsanft über die Türschwelle. Die Aussprache mit seiner Frau dauerte nur wenig länger. Mit der flachen Hand kürzte unser Hitzkopf das Geschrei ab. Was zu mehr Geschrei führte und schließlich die Nachbarn auf den Plan rief. Und die Polizei.

Die sicherte unsrem Hitzkopf für den restlichen Abend und die Nacht eine Arrestzelle auf der hiesigen Polizeiwache.

Dort hockte unser Hitzkopf nun und überlegte krampfhaft, was er angestellt hatte, dass die ganze Welt gegen ihn war.

Verurteilt, abgeschleppt, (wieder getrocknet), bestohlen, verwarnt, betrogen, verhaftet. Und jetzt...

Er nieste, hustete.

Die Anzeichen einer Erkältung nahten.

„Zu wenig Abwehrkräfte", stellte der Diensthabende fest, der mit ihm auf den Hof eine rauchen ging.

„Warum heute? Warum ich? Wissen Sie's?" fragte unser Hitzkopf, klang schon heißer.

„Kann ich Ihnen nicht sagen", antwortete der Diensthabende. „Aber das klingt nicht gut. „Ich meine Ihre Stimme. Tun Sie gleich morgen was dagegen. Kräuterbad hilft da sehr gut. Gibt's bei dm. Ins heiße Wasser geben. Das hilft."

Als man unsren Hitzkopf am nächsten Morgen freiließ fieberte er bereits.

Und ein paar Tage später, bevor die Aufforderung des Gerichts eintraf, lag er da.

Mit schwerer Lungenentzündung, regungslos, unter drei schweren Wolldecken.

Die Verhandlung vor Gericht verlief in einem Aufwasch: Körperverletzung, Widerstand gegen die Staatsgewalt.... Dem Antrag seiner Frau zur Scheidung wurde stattgegeben.

Nebenbei knöpfte man ihm noch seine beiden Bußgelder ab. Fürs die Abschleppkosten und das Schwarzfahren.

Verurteilt, abgeschleppt, bestohlen, verwarnt, betrogen, verhaftet und verurteilt.

Der Kreis hatte sich geschlossen, hatte ihn.

Am Boden zerstört kam er wieder aus dem grauen Bau getrottet. Er spuckte auf keine Plakette mehr, er schrie nicht, er hatte nicht mal mehr die Kraft zu schimpfen.

Niedergeschlagenheit benötigt menschliche Wärme. Genau wie gefühlte Ungerechtigkeit.

Sein Anlaufort war somit wiederum ein Kiosk. An dem gerade ein paar Typen rumhingen.

Hier, unter den Leidensgenossen ließ unser Hitzkopf endlich seinen wahren Gefühlen freien Lauf.

„Ich hab meine Frau mit ´m andern im Bett erwischt, hab sie vertrimmt. Grün und blau hab ich se geschlagen - ich brutales Schwein. Mit der

Hand, ja genau mit der!" wimmerte er und schlug seine Faust auf den Schalter. „Und jetzt - jetzt lässt se sich scheiden!" standen seine Augen unter Wasser.

Der Mann im Kiosk wurde sofort zum verständnisvollen Beichtvater, half ihm auf die Beine.

„Och, na na, wer wird denn gleich. Ich hab da was. Warten Se!" zwinkerte er. „Das is 'n Selbstgebrannter. Hab ich von 'm Kumpel. Meine Medizin. Dreimal täglich. Die hilft", schenkte ihm der Mann im Kiosk ein, sah zu, wie unser Heißsporn den Klaren abkippte. Sah die deutliche Reaktion und strahlte.

„Na, merken Se 's schon? Das is 'n Gesöff, was?! - Der brennt einem glatt die Hornhaut von den Fußsohlen."

Die vier Typen, die hier rumhingen, kamen einem auf Anhieb vertraut vor.

Einer platzte sofort raus:

„Ich hab meine Alte auch verwischt. Sogar mit 'm Boddy-bilder. Das war richtig hart. Aber ich hab 'n kleingekriegt! Und wisst ihr auch wie?"

„Quatschkopp! Wo hast du denn mal 'ne Alte gehabt!" krächzte ein anderer.

„Sowas kennt doch jeder. Das is 'n alter Bart. So sin se halt, die Weiber. Erst machen se einen auf Kätzchen und dann drücken se dich untern Schlappen", winkte ein Dritter ab. Und schließlich verriet man unsrem Hitzkopf sogar das richtige Rezept: „Da hilft bloß totschlagen oder so. Ich sag's Ihnen!"

kaltes paradies

Blink — blink, an - aus - an - aus - flackert es
überm zugezogenen Schalter.
Die defekte Neonröhre zeigt an, dass das Kiosk
noch geöffnet ist.

Es ist kalt, die Scheibe vom Schalter innen ange-
laufen. Dahinter hockt der dicke Kioskmann.
Schon den ganzen Abend.

Schon den ganzen Abend tut er nichts. Schon
den ganzen Abend klebt er schläfrig in einem
abgewetzten Ohrensessel. Schon den ganzen
Abend streichelt er nur die Katze und lässt gele-
gentlich einen Furz.

Schon den ganzen Abend ist am Kiosk tote Hose.
Nichts passiert.

Nur das Fußgebläse brummt, bläst seine heiße
Luft gegen einen großen, feuchten Schimmelfleck
in der hinteren Ecke. Das Fußgebläse steht auf
einem Schemel, ist zusätzlich unterfüttert mit
einem Stapel Groschenhefte. Damit die Höhe mit
dem Schimmelfleck übereinstimmt.

Der Dicke gähnt, ist längst die Hand, die übers
Fell der Katze streichelt. Er streichelt, streichelt
und - seine Hand stockt.

Jemand hat an die Scheibe vom Schalter geklopft.

Langsam steht der Dicke auf, legt die Katze ab, geht zum Schalter, öffnet.

Draußen steht ein alter Mann. Er sieht aus wie aus dem Bett gefallen. Er trägt nur einen schlampigen Morgenmantel, zittert in der Kälte. Sein grauer Kopf ist zerzaust. In seinem Schnurrbart klebt Rotze.

Der Dicke sieht ihn überrascht an:

„Ja?"

Der alte Mann dampft. Sein Atem dampft. Verloren steht er am Schalter, friert und blinzelt. Aber sein Gesicht ist entschlossen.

„Ich will mich von dir verabschieden", sagt er.

Der Dicke sieht genau hin, begreift.

Die Straße runter ist ein Altersheim. Ausgebüxt.

„Du gehst fort?" schaltet der Dicke.

„Ja, ich will nicht mehr. Ich will dort, bei denen nicht sterben."

„Und wieso willst du dich da von mir verabschieden?"

„Weil ich mich von jemand verabschieden muss. Dort, da konnt' ich mich von keinem verabschieden. Deshalb bin ich auch hierher gekommen. Weil ich dein Licht gesehen hab und einem hab sagen müssen, dass ich fortgeh'. Versteh, ich muss mich von jemandem verabschieden."

Der alte Mann bibbert. Sein Atem dampft. Er dampft und friert, aber klingt selbstsicher.

„Du wirst nicht weit kommen, Alter. Nicht so", beugt sich der Dicke ein Stück über den Schalter.

„Du hast nur Hausschuhe an. Es ist kalt heut Nacht. Du wirst sterben. Das ist sicher."

„Ich weis, aber das ist mir egal. Lieber sterb' ich, bevor ich... ja, ich will sterben. Ich will tot sein. Sterben ist besser als weiterhin dort... dort ist es schrecklich... da ist alles besser... ich hab keinen mehr, der... wer kümmert sich noch um einen alten Mann... ich bin nur noch Dreck", klagt der alte Mann.

Der Dicke mustert den alten Mann noch einmal.

„Vielleicht hast du recht" meint er, überlegt kurz und fragt dann:

„Wie alt bist du, Alter?"

Das verrunzelte Gesicht des Alten wirkt einen Moment grüblerisch:

„Dreiundachtzig."

„Dreiundachtzig? Du hast es dreiundachtzig Jahre ausgehalten. Das alles", reckt der Dicke sein Kinn Richtung Straße. „Du hast nicht mehr lange. Und jetzt willst du einfach aufgeben? So kurz vorm Ziel? Aufgeben mit dreiundachtzig? Das willst du mir erzählen?"

„Was für ein Ziel? Tot ist tot. Und ich halt es nicht mehr dort aus. Du bist noch jung, du weist nicht..." starrt der alte Mann den Dicken an.

Er bibbert immer stärker, hat schon blaue Stellen im Gesicht, blaue Finger. Die Rotze in seinem Schnurrbart vereist langsam.

„Nein, ich weis nicht. Und vielleicht werd ich's auch nie wissen. Wer weis? Aber das zählt alles nicht. Abhauen gilt nicht. Nein, Alter. Das gilt nicht. Du kannst dir nichts rausnehmen. Nicht, solange du noch kriechen kannst. Das gleiche würd' ich meinem eigenen Vater sagen."

Der Alte hat zugehört, wird jetzt trotzig:

„Ich red schon viel zu lange mit dir. Und ich leb schon viel zu lang. Ich muss gehen. Mach's gut."

„Moment!" zieht sich der Dicke vom Schalter zurück.

Die Tür zum Kiosk geht auf. Der Dicke kommt raus, in die Dunkelheit, die Kälte, stellt sich vor den alten Mann.

„Du weist, ich muss dich aufhalten", sagt er leise.

„Ich wollt mich nur verabschieden."

„Ich weis, aber das geht nicht", schüttelt der Dicke den Kopf. Sachte legt er dem alten Mann seine Hand auf die Schulter. „Ich muss dich aufhalten."

„Aber ich wollt mich doch nur verabschieden!" wird der alte Mann zornig, wischt die fremde Hand von seiner Schulter. Sein hasserfüllter Blick trifft den Dicken.

„Komm", deutet der Dicke zur Tür. Dahinter ist Licht, Wärme - die der alte Mann hinter sich hat, die er nicht mehr will und die ihm Angst machen. Licht und Wärme sind ihm keine Freunde mehr. Seine Leben bitter. Er will nicht zurück in den Schmerz, will den Gang kein zweites mal gehen. Jetzt da er weis, was Licht bedeutet, was Wärme bringt.

„Bitte, lass mich... lass mich gehen... lass mich doch streben", jammert und bettelt der alte Mann, vergräbt sein Gesicht in den Händen.

Aber die Hand holt ihn, leitet ihn mit sachter Grausamkeit, gegen seinen Willen, zurück ins Licht und in die Wärme. Er wird genötigt zum Eintreten, wird auf den Sessel gelotst.

Da sitzt der alte Mann jetzt. Todunglücklich. Hat völlig den Faden verloren. Ein alter Mann, der sich nur noch dem Tod sehnt und aussieht wie ein verletzter kleiner Vogel, der aus Angst auf die Hand scheißt, die ihn aufhebt.

Der Weg in die Freiheit hat ihn nur fünfhundert Meter weit getragen. Durch die Kälte. Im Morgenmantel und in Hausschuhen. Vom Heim die Straße runter. Und ist zerbrochen am Wunsch nach Verständnis.

Seine Freiheit war kurz, sein Ende steht endgültig fest. Man redet auf ihn ein. Man drückt ihm die Katze auf den Schoß, gibt ihm heißen Tee.

Alles, damit er sich beruhigt und sein Los besser erträgt.

Er wird nicht erfrieren, nicht heute Nacht in Dunkelheit und Kälte sterben. Der Schmerz wird andauern, wird weiter an ihm festhalten.

Der Dicke sorgt dafür, telefoniert schon.

„...ja, bei mir is wieder einer... gut, ich warte..."

Wie lange noch? Noch eine Woche, einen Monat, ein Jahr? Noch länger?

Aber es wird nicht ewig dauern. Er wird sterben, seine letzte Hoffnung sich erfüllen. Bald.

Der alte Mann beruhigt sich und streichelt die Katze. Er hat aufgehört zu bibbern. Die Rotze in seinem Schnurrbart wird langsam warm.

Der Dicke kommt jetzt zum Schalter, lässt den kleinen Rolladen runter, knipst die defekte Neonröhre aus. Das kalte Licht, das den alten Mann angelockt hat.

Schalter zu, Licht aus.

Die Auffangstelle für entflohene Greise hat für heute geschlossen.

beschisssssen!

Schon seine Kappe war eine ganze Geschichte.
Er, der Kerl, der sie trug, gleich noch eine.
Eine alte Kappe mit Ohrenklappen, darunter der
Kerl. Sah bedürftig aus. Hageres Gesicht. Unver-
kennbar. Steckte in einem olivgrünen, schmuddli-
gen Parka.

Schätzte ihn auf fünfzig.

Einhändig tätschelte er den Rahmen, rollte *klick
klick klick* auf mich zu.

Der Rollstuhl stoppte. Seitlich von mir.

"Ah, Marlboro-män", grub er mich an, kaute dabei noch an einem Rosinenbrötchen.

Ich stutzte. Verstohlen sah er zu mir hoch, würgte
den letzten Brocken runter, hatte meine Schachtel
Marlboro gesehen, die gerade in meiner Hosentasche verschwand.

Dann er, noch einmal:

"Und? Wie is es? Hast noch eine über, Marlboro-
män?"

Ich sah ihn an, griff wieder in die Hosentasche.

„Is nämlich nich so wie's aussieht. Nich, dass du
meinst - bin kein Schnorrer, bin 'n Vet muss de
wissen. War da unten, im Kosovo mit den Blauen.
Weist schon. Und dort is es passiert", klopfte er

auf die Armstütze des Rollstuhls. „Splitter vom Minenräumen, he he."

Sein Atem dampfte in der Kälte. Er grinste, sah die Kippe. *Quietsch!* schwenkte er zu mir.

Er ruckelte, wischte sich über den Mund, nahm gierig die Kippe.

„Dank dir, Marlboro-män. Hast du auch noch Feuer für mich?"

Die Kippe in der Schnauze räkelte er sich in seinem Rollstuhl. Ich gab ihm Feuer.

Er saugte, stöhnte ein glückliches: „Ahr!"

Wir rauchten. Friedlich nebeneinander. Mitten im Mittagsgetümmel der Haltestelle.

Und er, plötzlich, warf den Stummel fort:

„Sag, Marlboro-Män? Hilfst du mir grade da vorne rüwer?"

Rüber? Ich sah die Straße, den hohen Bordstein. Hier zu tief, drüben zu hoch für ihn.

Klar! Da musste geholfen werden.

„Da muss ich nämlich hin. Bis da drüben zum Parkplatz. Aber mit der Schulter...", meinte er noch.

Sicher half ich. Die paar Meter. Klare Sache! Und schon klemmte ich mich hinter den Rollstuhl, sah nur noch abwechselnd den Ansatz seiner Nase und den Weg.

Klick klick klick machte der Rollstuhl.

Vorne drin quasselte es munter weiter.

„Oh, du glaubst gar nich wie wenig nette Leut 's noch gibt. Ja, und wenn ma keine gesunden Beine

mehr hat, das is beschissen. So beschissen! Beschisssssen!" blökte er plötzlich laut.

„Beschisssssen!" blökte er den Leuten zu, die in
den Dunstkreis des Rollstuhls kamen. Lehnte sich
dabei noch vor. Blökte es ihnen zu und hinterher.
Nur das eine Wort, mit bissigem Zischen.

Und das Wort war:

„Beschisssssen!"

Das machte mich ziemlich verlegen, aber ich zog
den Kopf ein. Schob ihn tapfer weiter. Die paar
Meter.

Dann wurde er unverschämt, schwang das Zepter:

„Los, Marlboro-män, schneller! Drück auf die
Tube!"

Meinetwegen, dachte ich.

Folgsam ging ich schneller, steuerte durch ein
paar Tauben. Die flatterten fort.

Aber er nörgelte, feuerte mich weiter an:

"Schneller Marlboro-män, schneller!"

Und beinahe...

Ich schlug einen Haken, steuerte um einen Kerl,
der aus einem Laden kam.

„Aus 'm Weg, ihr Maden!" geiferte es aus dem
Rollstuhl. Köpfe drehten sich.

Langsam schnappte er über.

Loslassen? überlegte ich, schätze die Entfernung.
Aber nein. Nur einmal runter und einmal hoch.
Dazwischen die Straße. Das muss man durchste-
hen. Im Zeichen der Solidarität.

Ethik ist stärker als Peinlichkeit. So hat man uns erzogen. Helfen und durchstehen. Für eine gute Sache, der Hilfe an deinem Nächsten.

„Merkt's euch", geiferte es aus dem Rollstuhl, „der Marlboro-män und ich sin unterwegs. Zieht euch warm an und schert euch weg!"

Da, endlich der Bordstein! Drei Meter vor mir. Unser Schwung... ich wollte abbremsen.
Aber er lachte laut auf, griff plötzlich kraftvoll in die Speichen.

Und ich... ließ los. Allein vor Überraschung. Unabsichtlich und überrumpelt. Das hilflose Opfer der Dynamik, das allem zusah. -
Zusah, wie er unter schrillem Gelächter fortrollte.
Bubb! nahm er die Tiefe des Bordsteins, rollte *klickklickklick* über die Fußgängerampel.
Rot!

Und als der Rollstuhl mitten über die Straße sauste... da saß er vorne drin und...

"Huui - Hooo...", rief er, fuhr die Arme aus.
Und der Wagen!

Es durchfuhr mich. Ich sah, hörte.
Der Crash war vorprogrammiert. Der Polo *griii* und *tüt* legte eine Vollbremsung hin.
Und dann: *paff!* Mit trockenem Knall und Splittern rutschte das Mercedes-Taxi drauf.

Während der Rollstuhl noch mit „Huui" und „Hooo..." drüben an den Bordstein prallte, er dabei noch immer lachte.

Dann stand alles still.
Jedes Fahrzeug, jede Figur an der Straßenecke.

Ein Kopf mit Bart reckte sich jetzt aus dem Polo, gab dem Schuldigen einen bekannten Namen.

„Blödes Arschloch!"

Aber das war noch harmlos. Der Taxifahrer dahinter war erst drauf.

Die Tür vom Taxi flog auf. Da sprang ein kleiner Glatzkopf raus, direkt zum Polo.

„Mein Taxi! Ich mach dich platt!"

Aber der Bart im Polo pennte nicht, machte schnell die Scheibe hoch und verkroch sich, ließ den Glatzkopf vorm Fester toben.

Natürlich durften jetzt die Bullen nicht fehlen.

Da kamen schon zwei. Von gegenüber. Aus einem McDonalds. Einer und eine. Hatten den Krach mitbekommen, hatten noch die eingepackten Fresstüten dabei.

Man gaffte längst. Von überall. Schrittverschleppt oder im Stehmodus. Der Verkehr stockte.

Und ich stand noch immer da, sah, hörte. Während die Bullen sondierten. Im Gehen, wobei sie (die Bullin) ihm ihre Fresstüte übergab.

Vorfall: Leichter Auffahrunfall mit leichtem Blechschaden. Beteiligte: ein Rollstuhl, zwei Autos. Rollstuhl, Insasse unverletzt. Zwei Autos. Erster Wagen Privatwagen, dahinter Taxi. Erster Fahrer noch im Fahrzeug. Davor Mann in bedrohlicher Haltung. Taxi leer. Mann in bedrohlicher Haltung Taxifahrer.

Das Ganze sah jetzt so aus:

Der Bart hockte bestürzt im Polo.

Der kleine Glatzkopf hatte noch die Fäuste geballt. Und der Kerl im Rollstuhl grinste nur und sah amüsiert zu was passierte.

Sie, der Bulle (die Bullin) schritt jetzt ein. Trat zum Unfallort, und:

„Sie da", sprach sie den Glatzkopf an. „Jetzt beruhigen wir uns erst ma, ja? Und Sie da", lockte Sie den Bart mit dem Zeigefinger, "steigen bitte ma aus!"

Endlich traute sich der Bart aus seinem Polo.

Selbst der Rollstuhl schlich jetzt neugierig heran. Grinste aber immer weiter.

„Also, wie war das?", wendete sie, (die Bullin), sich an den Bart.

„Und ich bin grad aus der Werkstatt raus!" meldete der Glatzkopf.

„Sie sind nicht gefragt! Warten Sie ab", kanzelte sie (die Bullin) ihn ab.

Ihr Kollege besichtigte inzwischen den Schaden, nahm beiläufig Blickkontakt mit ihr auf, schüttelte unmerklich den Kopf, winkte den nachfolgenden Verkehr vorbei.

Die Aufklärung verlief so:

„Dieser Mann, dort", wies der Bart auf den Rollstuhl, „ist, obwohl ich grün hatte, auf eimal vor meinem Wagen aufgetaucht."

Das war sachlich, wahrheitsgemäß und auf den Punkt. Und das alles passte bei ihm in einen einzigen Satz. Trotz der bekannten Namensgebung zuvor.

Anscheinend hatte der Bart was los. (Vielleicht weil er zum Draufhauen nichts taugte?)

Die Bullen sahen jetzt nach dem Rollstuhl. Unwillig. Man merkte sie waren schlecht drauf. Waren gestört worden. Hatten noch nichts gefressen. Aber der Rollstuhl ging (*quietsch!*) ganz freiwillig auf Tuchfühlung. Grinsend.

„Sie sind also bei rot über die Ampel... haben bei rot unabsichtlich die Ampel überquert?" verbesserte sie (die Bullin). „Hat sich das so abgespielt?"

„Ja!" rief der Rollstuhl frech, nickte dabei eifrig, sah sie (die Bullin) dabei mit großen Augen an. „Das war ich. Ich bin schuld! Ich bin immer so schnell, viel zu schnell, Frau Oberhauptwachtmeister - Meisterin!"

Der Glatzkopf konnte es nicht lassen, bohrte wieder und brachte Durcheinander:

„Also, was is'n jetzt? Da hören Sie's!"

„Sind Sie bitte still."

Der Glatzkopf stöhnte, ließ die Arme fallen.

Der Bart war schlauer. Sagte erst gar nichts, sagte nichts mehr, wartete ab.

„Ja, ich bin schuld!", rief der Rollstuhl wieder, wendete sich wieder an sie (die Bullin): „Wenn Sie mich mitnehmen wollen, Frau Oberhauptwachtmeisterin - Meisterin! Ich hab nämlich meinen Ausweis nicht bei mir..." Hängte: „Leider" an und grinste.

Sie (die Bullin) sah den Rollstuhl einen Moment an.

Vielleicht erinnerte er sie in diesem Moment an ihren Vater. Wer weis?

Ihr Kollege knautschte inzwischen beharrlich die Fresstüten, winkte mit seiner freien Hand immer weiter den Verkehr durch.

Ein gut aussehender Mann - wenn er das mit McDonalds in den kommenden Jahren nicht übertrieb.

Der Rollstuhl sah sich jetzt um. Sein Blick fuhr zwischen die Gaffer, fand mich.

"Da, der Marlboro-män weis es!"

Scheiße. Warum stand ich eigentlich noch rum?

Sie (die Bullin), die Fahrer, die Gaffer, alle sahen plötzlich zu mir. Ich zuckte die Achseln.

Wie war ich? - Ja! Alle sahen sofort wieder auf den Rollstuhl.

„Un mein Taxi? Was wird mit dem?" fragte der Glatzkopf, aber diesmal vorsichtig.

„Jetzt hören Sie beide", legte sie (die Bullin), den beiden Fahrern nahe. „Ich schlage vor, sie tauschen ihre Adressen aus."

„Und lassen die Versicherung ihre Arbeit tun", riet er, ihr Kollege beiläufig an.

Das war das erste und einzige mal, dass er redete.

„Und Sie...", sah sie (die Bullin) plötzlich direkt auf mich.

Sie hatte wundervolle, grüne Augen.

„Sie helfen diesem Mann, hier. Aber hurtig!"

Unverzüglich trat ich zum Rollstuhl, fasste nach den Griffen. Aus dem Augenwinkel sah ich nochmals verstohlen zu ihr (der Bullin).

Um ihren Mund war ein leichtes Lächeln.

So kam es mir jedenfalls vor.

Und ab! Schon schob ich den Rollstuhl vom Unfallort, hoch, über den Rinnstein der Straße.

Aber er - er drehte sich, blökte wieder, blökte bissig über die Schulter:

„Ich bin 'n Vet, wenn euch das was sagt, ihr Maden! Stimmt doch, Marlboro-män, oder?"

„Wie du sagst...", meinte ich nur, nickte dazu gleichgültig. „Wie du sagst..."

Schließlich, hat jemand ein Rad ab, muss man nicht noch darauf eingehen. (Außer man muss!)

Immerhin sah ich das Ende meiner Verpflichtung, meiner Hilfsleistung: den Parkplatz.

„Beschissssen!" blökte er wieder um sich, „beschissssen!" Lachte auf.

Dann der Parkplatz. Endlich!

„So, das langt!" kommandierte er.

Ich stoppte, erleichtert. Indem ich mir noch eine Kippe schnorren ließ, kaufte ich mich endgültig von ihm frei und ließ ihn stehen.

Aber das war noch lange nicht das Ende.

Denn jetzt kommt's erst.

Fünf Minuten später - ich stand ein paar Straßen weiter an einer Fußgängerampel...

Übrigens auch der Grund, wieso ich keine Marlboro mehr rauche! Und die Moral von der Geschichte: dass ich keine Marlboro mehr rauche...

Gut, da stand ich also an der Ampel und wartete. Und kurz bevor ich grün hatte fuhr eine dunkelblaue Mercedes-Limousine vor. Hielt am Streifen.

Und ich ging rüber, ganz normal, sah dabei rein zufällig auf den Fahrer der Limousine, ganz normal... und stockte kurz.

Das hagere Gesicht. Unverkennbar.

Er war es, und gar nicht mehr bedürftig. Kein bisschen. Saß drin wie Graf Rotz. Nur ohne Kappe und Rollstuhl, und fuhr vorbei, während ich noch dämlich hinterher gaffte.

   Auch das war, mit einem Wort:

Beschissssssen!

frikassee

"Bittschön. Kann nur so 'n Irrer wie du dran glauben. Leben nach 'm Tod? Wie soll'n das aussehen, mein Alter? Bittschön, sag's mir? - Das alle belohnt werden? Glaubst du wirklich, du wohnst dann da oben und hast dort 'ne Wohnung, wie's der Pfaffe erzählt hat?.. Wohnung da oben... hat der 'n Scheiß gequatscht. Wollt ihn ja schon fragen: ,Krasser Scheiß, Bruder. Wo, hast 'n das her? Meinst du das wirklich ernst?'"

"Ja, mach dich ruhig lustig. Ich sag doch nur... Fischi, von was reden wir denn hier?" erwiderte ,mein Alter'. "Ich mein doch nur, dass es sowas geben kann. 'N andrer glaubt vielleicht, dass er als... was weis ich, Regenwurm wiederkommt. Ob man's jetzt glauben will oder drauf pfeift. Alles was ich mein... nimm irgend 'ne arme Sau. Je schlechter einer dran is, umso mehr glaubt er an sowas. Das hat einfach was zu tun mit Hoffnung."

"Glaub was du willst, mein Alter. Für mich bescheißt sich so einer selber! Hab ich nicht recht, Bratislav? Oder red ich gequirlten Mist!?"

"Geh Himmel, wenn dir gefällt", rief Bratislav.

Sie blieben stehen. Oben aus dem armdicken Abzugsrohr stieg Dampf.

Mittagspause. Jetzt ging's zum Futtern.

Auf der ausziehbaren Kreidetafel am Schalter wurde zum Mittagstisch Frikassee mit Salzkartoffeln angepriesen. In Schönschrift.

Bratislav las lautlos, mühsam, fragte:

„Frikassee gut?"

„Verdammt, wer quatscht von dem scheiß Frikassee!" knöpfte ‚Fischi' aufgebracht seinen Talar zu.

Die Truppe, alle drei trugen die schwarzen Halbstiefel vom städtischen Grünflächenamt, waren beides in einem, Sargträger und Totengräber. Schließlich: die Zeiten sind hart, die Stadt muss Geld sparen. (Wann nicht?)

So schleppten sie den Dreck vom Friedhof, den Dreck in ihren Halbstiefeln quer über die Straßenkreuzung. Bis zum gefliesten Vorbau der Bude.

Die Bude war ausgebaut und sehr ansehnlich. Mit Anbau, Sitzbänken und allen Schikanen. Keine von diesen armseligen, verpissten und wackligen Straßenbuden, an denen ständig irgendwelche Trunkenbolde rumhingen. Nicht hier, nicht an *Bert's Bude*. (Deppenapostroph)

Denn Bert's Bude, das war fast schon ein kleines Haus. Außen hui und innen hui - ordentlich, innen aufgeräumt und penibel, aber wirklich penibel sauber. Wie geleckt.

Hier war man bestens aufgehoben.

Dachte man!

Hier wurde man zuverlässig bedient.

Und ob!

„Na, na, na...", schaltete sich jetzt eine näselnde Stimme aus der Bude ein. Die Stimme eines Erkälteten.

Bert persönlich, der die Beleidigung sofort tadelte, ‚Fischi' kurz nahm.

Fischi und ‚mein Alter', sahen gleichzeitig zum Schalter. Dort, wo Bert immer hockte. Mit roter und feuchter Erkältungsnase und auf Kundschaft lauerte.

Bert!

Bert, der immer erkältet war. Bert, ein schlaffes Männlein im Poloshirt, mit kleinen Männertitten und Geheimratsecken. Bert, der Kundschaft witterte und deshalb unruhig die neue Käseglocke zurechtrückte. Die Käseglocke auf dem Schalter, unter dem belegte Brötchen lagen. Brötchen in jedem Verfallsstadium. Von heute, von gestern, von vorgestern. Immer die gleichen Brötchen. Zu jeder Jahreszeit. Fraß man davon eins und hatte viel Dusel ging alles glatt. Hatte man weniger Glück bekam man davon nur Bauchweh. Hatte man aber Pech musste man reihern.

„Sorry Bert", hob Fischi die Hand - alles okay, nur dummes Gequatsche.

Dass Fischi Bert Bert, Bert also beim richtigen Namen nannte lag nur am Schild über Bert's Bude.

Überall im Leben gibt es Lug und Trug, greift die ewige Präambel zur Wirklichkeit: Nichts ist wie es scheint. Die Verpackung lügt. Der Inhalt ist meist zum Fortlaufen. Und doch verlangt die Welt ständig nach dem faulem Zauber - nach Fassade und Dingen, zu schön um wahr zu sein.

Bert war da keine Ausnahme. Ein Geier und kleiner Drecksack, blendende die Leute mit seiner Bude wie aus dem Bilderbuch. Ein Geizkragen und Durchschnittslump, machte auf Kumpanei und fuhr mit seiner Erkältung die Mitleidsmasche. Bevor er die Leute linkte. Um Cents, um ein Würstchen...

Nur in einem fiel hier, an Bert's Bude, die Diskrepanz zwischen Schein und Sein ausnahmsweise zusammen. Die Verpackungsangabe stimmte. Wo Bert draufstand war auch Bert drin. Hundertprozentig und in jeder Weise...

Vor allem die Hinterlistige.

Übers Ohr hauen war bei Bert Programm. Vor allem die Alten und Jungen ein gefundenes Fressen. Die, die Schwierigkeiten mit dem Nachrechnen oder es eilig hatten. Denen gab er das Wechselgeld umständlich und falsch heraus.

„Aber ich hab's grade vom Himmel. Das is 'ne ernste Sache, du verstehst? Ich will das jetzt geklärt haben", meinte Fischi. Mittlerweile im Scherz.

Aber Bert war eisern. Mit seiner feuchten Nase, seinem Näseln:

„Also, was nehmt ihr, Männer?"

Die Truppe belagerte den Schalter. Der Moment für Bert war wieder mal gekommen.

Die Bestellung!

Und Berts Nase juckte. Dass er nieste. Wie immer, wenn er Geld witterte.

Aus dem geräumigen Kiosk drang inzwischen der auffallende Geruch nach Gekochtem. Besonders gut roch es nicht. Aber nahrhaft. Und Kohldampf bleibt Kohldampf.

„Heute gibt's was Feines, Männer. Wollt ihr Frikassee? Ja? Und drei Bier? Mach ich euch doch. Mach ich euch", pries Bert an. Leutselig, listig.

„Aber kalt!" befahl mein Alter.

„Na, hockt euch mal nach hinten, Männer. Kommt alles", näselte Bert.

Hinten, das war der offene Anbau mit Überdachung. Aus Plexiglas.

Man saß dort ganz gut. Bequem. Auf festgeketteten Gartenstühlen samt gestreiften Sitzpolstern. Auch Fischi, mein Alter und Bratislav konnten da nicht meckern.

Nur Bert, der meckerte. Gegen Gisela, seiner Frau, stellte sich dabei ungeduldig neben den Herd.

„Jetzt mach schon. Vorwärts! Dreimal vom Frikassee und drei Bier!"

„Ja, ja. Is ja gleich fertig. Muss doch richtig heiß werden."

Bert und Gisela Langenberger: das war eine Einheit. Wie Messer und Gabel. Wie Brot und Butter. Wie Dick und Doof. Da passte alles zusammen. Seine Schläue, ihre Anpassung. Seine Pläne, ihre Ausführung. Seine Gemeinheit, ihre Hinterlist. Vereint in Raffgier und Geiz.

Sparen, Rücklagen verschaffen. Fürs Alter. Sorgenfrei. Darum ging's den beiden.

Der eine heckte aus, der andere setzte um. Der eine dachte, der andere schwitzte. Der eine rührte es an, der andere tischte es auf.

Zum Beispiel dieses Frikassee.

Frikassee mit Kartoffeln. Ein Gericht, das immer wieder auf der Tafel auftauchte. Einmal im Monat und eine Woche lang.

So war es beschlossen, so wurde es durchgezogen. Von Montag bis Samstag. Unerbittlich! Wurde jedes mal von neuem aufgewärmt. Gnadenlos!

Frisch war das Ganze nur am Montag. Aber da schmeckte es noch fade. Da brauchte noch keine Gewürze. Seine Konsistenz war noch wie Soße.

Aber das blieb nicht so.

Mit jedem Tag wurde das Frikassee würziger und ekelhafter. Es verkochte immer mehr, sah immer mehr aus wie Passiertes.

Am Dienstag wurde es langsam zäher. Am Mittwoch zu Schleim. Am Donnerstag war es Brei. Am Freitag Kleister. Am Samstag... Gips!

Wer das noch verzehrte war nicht mehr zu retten. Selbst einem Schwein hätte es dieser Gips glatt die Magen-Darmwand durchgehauen.

Nur die Kartoffeln dazu waren noch genießbar und erwiesen sich als anpassungsfähig. Erst als Salzkartoffeln, dann als Bratkartoffeln, schließlich als Brei.

Überhaupt sind Kartoffeln ein Wunder. Ein fast perfektes Nahrungsmittel. Nichts kommt ihnen gleich, nichts an ihnen vorbei.

Und sie sind billig. Ein Grund mehr.

Gisela, die am Herd stand, rührte an, wärmte auf, rührte an, wärmte auf...

Gisela! Kam gut an bei der Kundschaft. Ein schlampiges und dickes Weib mit ordinärer Lache, das jedem zweitem Kerl an der Bude die Hand tätschelte, auf süß machte und damit Trinkgeld schindete. Eine Vettel, in einer blauen Samtbluse, der die Brüste bis zum Bauchnabel hingen. Die Pfote mit Dreck unter den lackierten Nägeln am Kochlöffel. Den Kochlöffel im Topf. Am Rühren. Da wackelte alles. Sogar die Waden.

Die Arbeit war genau eingeteilt. Bert war die Bank, war Gewinn, Inventur, Spanne und Ertrag. Gisela der Rest. Kochlöffel, Schrubber, Bedienung und Unterhaltung. Quatschte vor den Kunden in einer Tour. Unverblümt. Die intimsten Details.

„Mir hat man schon vor Jahren... Wissen sie, ich hatte eine Fehlgeburt. Da hat man mir die Gebärmutter entfernt..."

Kam gut an. Bei den meisten.

Das Frikassee... brannte ihr nie an!

Beladen mit der Mittagsmahlzeit trabte Gisela kurz darauf durch die Hintertür. Alles auf einem Tablett. Die dampfenden Teller und die drei Bierdosen.

„Sooo, die Herren. Mahlzeit."

Gisela lachte, stellte der Truppe das alte Frikassee hin.

Das Frikassee war heute Donnerstag - also Brei.

Serviert!

Da standen also die drei Teller, gleichgültig, was mit ihnen passierte. Auf jedem Teller ein weißer Brei, der ungefähr aussah... Dazu halb verfallenen Bratkartoffeln, schon mal angebraten.

Erst blickten alle drei auf ihre Teller als hätten sie schon gegessen. Sie zögerten, griffen automatisch zu den Bierdosen, tranken. Dann tauschten sie verlegene Blicke. Bis das Zögern, zum Äußersten gedehnt, nach einer Entscheidung verlangte.

Und Bratislav entschied, nahm das Besteck, fing an. Mutig. Als erster. Wurde dabei beobachtet wie der gefügige Vorkoster.

Aber da er munter und immer weiter kaute, keine Anzeichen einer Veränderung zeigte -

Also griff man zu, aß den Brei, drückte sich den Brei, der nach künstlicher Würze schmeckte, in den Schlund. Schluckte.

Einsilbig, schnell und ohne Begeisterung leerten sie die Teller, tranken die Bierdosen aus.

Man rülpste und rief:

„Zahlen."

Jetzt war Bert an der Reihe. Geld kassieren: das war immer seine Sternstunde. Da strahlten seine Augen, da wurden seine Schritte schwerelos, da schlug sein Herz mit der Geschwindigkeit einer verliebten Katze. Abkassieren: das war für Bert wie Kant für den Kantianer. Leitbild und Rüstzeug fürs Lebens.

„Alles zusammen, Männer, ja?" fragte Bert. Er fragte nicht etwa, ob's geschmeckt hatte. Nie. Aber spielte immer den Lockeren.

Er sah den Zwanziger, der in seinen Augen zum Schmetterling wurde. Er nahm den Zwanziger, der in seine Hand gehörte. Er verstaute den Zwanziger, der in seinem Glauben zum Gegenwert für Lebenszeit wurde.

Zwanzig Euro, das bedeutete ein Kissen mehr fürs Alter. Zwanzig Euro, das bedeutete ein Stück mehr vom Himmel. Zwanzig Euro, das hieß umgerechnet einen ganzen Tag länger überleben. Aber das war der Moment schon vorbei. Der Schmetterling in seinen Geldbeutel geflattert und konserviert. Der kurze Glanz verflogen.

Nachlässig, aber munter zählte Bert Fischi jetzt das Wechselgeld hin, wünschte der Truppe ‚noch viel Spaß.'

Die Drei gingen. Schleppend. Blei im Magen, das sich langsam in ihren Gedärmen verteilte. Trotteten wieder rüber zum Friedhof. Weiterarbeiten.

In knapp zehn Minuten wird es losgehen. Ihnen allen wird plötzlich speiübel werden, der Magen sich im Kollektiv umdrehen. In großer Not werden sie nacheinander die Friedhofsschaufeln fallen lassen, losspringen und das alte Frikassee restlos exhumieren. Jeder auf seine Weise, jeder an einer anderen Stelle.

Fischi wird den Anfang machen. An die Friedhofsmauer kotzen. Bratislav eine halbe Stunde im Klosett des Verwalters verschwinden. Dort scheißen wie ein Reiher. Mein Alter, eine Hand vorm Mund, eine an der Hose, abtauchen hinterm großen Kreuz. Kotzen und scheißen. Gleichzeitig.

Noch gehen die Drei, trotten vollgestopft von der üppigen Mahlzeit zurück über die Kreuzung. Noch ahnungslos, aber bald entkräftet.

Und Bert wird das alles einen Dreck scheren. Was ging das ihn an? Dass die Leute sich übergeben mussten und Durchfall bekamen - das kam überall vor. Und konnte von allem möglichen kommen...

Er verstaut schon das Geld, schielt bereits in die Kasse.

Am Abend wird Bert in aller Ruhe die Kasse zählen. Auch der Zwanziger durch seine Finger wandern. Der Zwanziger der armen Hunde, die inzwischen flach liegen von seinem alten Frikassee und den ‚Spaß' noch immer nicht begreifen.

das große blaue Messer

Als ich bei den Chemiewerken noch Schicht schob, wankte ich jeden Morgen nach Feierabend durch Tor 38.

Schräg gegenüber gab es ein Kiosk, das gerade öffnete.

Also, da stand ich dann im Frühlicht, fröstelte, gähnte, wärmte mir die Griffel am Kaffeebecher und sah mich um. Alles ringsum war öde, grau. Vor der umzäunten und qualmenden Fabrik blinkten noch die Warnlichter der Schornsteine. Drüben trudelte im Pulk die Frühschicht ein, strömte leise, noch verschlafen durchs Tor.

Es war Hakem, der Kioskmann, der meist redete, wenn ich morgens bei ihm, am Kiosk auftauchte und von der Schichtarbeit eine Fresse zog.

„Machen Arbeit, nicht viel denken, sind gesund, leben gut", gab er öfters seine goldenen Regeln zum Besten. „Hörst du, alles gut", rüttelte er mich auf, lächelte.

Ich sah runter auf Hakems Halbglatze. Er bückte sich, grunzte dabei leise und stieß er die Handschaufel neben dem BAMS-Reklameschild unter den Hundehaufen.

So war es jeden Morgen.

Jeden gottverdammten Morgen war Hakem zur Stelle, um den Hundehaufen mit seiner Handschaufel zu entsorgen. Jeden Morgen lag der Hundehaufen, und jeden Morgen wurde er von Hakem sachgemäß beseitigt.

Das war wie ein endloser Kampf. Ein beständiger Kampf von Frechheit gegen Duldsamkeit, den ich erst später begriff.

Hakem war nicht nur ein gutmütiger Mann, sondern hatte auch Hingabe zur Sache. Und wenn es nur ein Hundehaufen war, der ihn jeden Tag aufs neue zur Überwindung forderte.

Er würde den Kampf gegen den Haufen nie aufgeben. Eher würde die Ursache verschwinden, als die Konsequenz mit der die Ursache entfernt wurde.

Aber auch das begriff ich erst später.

Dabei trug Hakem seinen orangefarbenen und eingegangenen Pulli, und wenn er sich mit der Schaufel bückte, kamen seine stark behaarten Handgelenke zum Vorschein.

So war die Situation.

„Wenn ich du wär, würd' ich mich mal auf die Lauer legen und mir den Kerl schnappen, der hier dauernd seinen Köter scheißen lässt", meinte ich aufgebracht. „Kann doch nicht sein, dass du jeden Morgen den Dreck wegmachen musst!"

Aber Hakem wehrte ab, schickte mir, vom Müllkübel her, ein nachsichtiges Lächeln.

Der abgekippte Haufen raschelte in der Tüte. Die Klappe fiel zu.

„Was soll helfen? Gibt nur Ärger. Du musst auch halten", antwortete er.

„Halten? Du meinst aushalten?" fragte ich.

Er nickte.

Hakem war morgens immer schwer beschäftigt. Mit einem alten Putzlappen begann er nun angestrengt die verschmierte Scheibe zu wischen.

„Wenn Ärger machen", fuhr er beim Wischen fort und warf mir einen schnellen Blick zu, „dann zuhause. Zuhause kann man Ärger machen. Nicht hier draußen, nicht bei Arbeit. Bei Familie jeden Abend, dort Vater und Chef. Aber hier, ich bin nur Hakem, arbeite. Verkaufe dir Kaffee, Zigaretten, Essen, verkaufe Zeitungen, aber ich mache keinen Ärger. Muss aushalten. Soll ich weinen? Für was gut?"

Vielleicht hatte er recht.

Ich war trotzdem anderer Ansicht. Vielleicht hätte ich ihm auch zugestimmt wäre nur der Hundehaufen gewesen. Aber da war noch mehr.

Ein andermal kam ich morgens an, da stand schon der Farbeimer. Und Hakem strich. Irgendwelche Schmierer hatten die Rückwand vom Kiosk vollgesprüht.

Das Kiosk gehörte nicht mal ihm. Trotzdem strich er. Im Auftrag des Eigentümers, wie ich erfuhr.

Und ständig beschwerten sich Leute bei ihm über irgendeinen Mist, ließen ihre Launen an ihm aus, beleidigten ihn. Ungerechtfertigt.

Ich bekam es mit, ärgerte mich, sprach ihn darauf an. Aber Hakem redete alles klein. Er nahm alles hin, nahm alles wie es war und blieb immer (*immer*) völlig gelassen. Das war es.

Bald fing ich an ihn zu bewundern.

Er konnte echt gut mit mir, und ich mit ihm. Morgens, nach der Schicht.

Während ich meinen Kaffee schlürfte, hantierte er für gewöhnlich schon putzmunter auf einem zerschnittenen Holzbrett an den belegten Frühstücksbrötchen. Dazu benutzte er ein großes Messer mit blauem Plastikgriff. Eins dieser billigen Dinger, die man für einen Euro in jedem Kaufhaus kriegt. Sein Griff war leicht angesengt - sicher von irgendeiner heißen Herdplatte.

Meistens waren Haken und ich morgens allein, machten über alles mögliche Witze.

So freundeten wir uns miteinander an.

Er erzählte mir von seiner Familie. Ich ihm von meiner Schicht, die mir gewaltig stank.

„Sie", meinte er seine Frau, „putzt."

„Gebäudereinigung?"

„Jaja", genau das sei sie. Halbtags bei einer Firma für Büroinventar und nachmittags in irgendeiner Grundschule.

Nach und nach ging es tiefer.

Irgendwann redeten wir über Kinder.

"Die Kinder müssen also gehorchen?" fragte ich nach. „Wieso?"

Da blockte Hakem ab.

Das erste mal.

„Nein, nur Töchter."

„Aber..."

„Nein, bitte nicht mehr fragen", wurde er auf einmal ärgerlich, lenkte aber sofort ein. „Ich mag dich!"

Auf der Stelle ließ ich das Thema fallen.

„Gut. Ist ja deine Sache. Ich wollt nicht..."

„Ertragen. Ertragen", verkürzte er mit seinem nachsichtigen Lächeln und tätschelte versöhnlich meine eiskalte Hand.

„Ja, richtig", bestätigte ich in altem Einvernehmen, seufzte.

Und zwischen uns war wieder alles beim Alten. Alles in Ordnung. Bis -

Es war ein paar Wochen später. An einem Montag Morgen.

Wie immer kam ich zum Kiosk, stellte mich an den Schalter, grüßte ihn.

Aber nichts kam. Kein Ton, kein Blick, keine Reaktion. Im Kiosk stand ein Mann, halb von mir abgekehrt und tat, als hätte er es mit Luft zu tun.

In mir zog es was zusammen. Schlagartig. Zum ersten mal in meinem Leben.

Ich wurde unsicher, sammelte mich, wurde lauter:

„Guten Morgen, Hakem!"

Aber wieder kam keine Reaktion. Der Mann hantierte stur nur an den Brötchen. Kein Wort, kein Blick. Ich war verblüfft.

„Hakem, was ist los?"

Da drehte Hakem sich auf einmal um. Aber wie!

Zuerst nahm er an mir Maß. Stumm. Von oben bis unten. Als nächstes sah er an mir vorbei. Stumm. Dann fixierte er mich. Alles stumm und alles einen Moment lang. Mit Blicken, die mir genau sagten, was er dachte. Unmissverständlich.

Mein Inneres kroch zusammen.

In seinen Augen, da stand nicht mehr diese nachsichtige und gutmütige Duldsamkeit. Es war das pure Gift. Feindseligkeit!

Ich erschrak, stand da wie angewurzelt.

Warum nur?

Ich hatte dem Mann überhaupt nichts getan.

Auch er stand da, bewegungslos in seinem orangefarbenen, eingegangenen Pulli und fixierte mich noch immer.

Dann wurde er laut:

„Du - nix mehr!"

Dazu schüttelte er den Kopf, fuhr den Arm aus, zeigte mir die offene Hand. Stop. Zurück mit dir!

Ich kapierte nicht.

„Was ist los?" rief ich jetzt laut.

„Du - nix mehr. Geh!" reckte er das Kinn. „Du gesagt, Kinder sollen nicht gehorchen. Tochter zu mir gesagt, sie gehorcht nicht. Jetzt alles kaputt. Du...", zeigte er mit dem Finger auf mich, „...nix mehr!"

„Was? Was hab ich gesagt?", rief ich aufgebracht.

Und da, im nächsten Moment, sah ich es, sah ihn damit dastehen.

Es hatte seinen Finger ersetzt.

Er stand da mit seinem großen blauen Messer, dem Messer, mit dem er sonst die Brötchen zum Frühstück aufschnitt, bestrich und verkaufte.

Dem Messer mit seinem angesengten Plastikgriff.

Da stand er, an der langen Messerklinge noch Butter und bedrohte mich. Bedrohte mich mit diesem Messer. Mich! Der ich ihm nie was getan hatte! Er! Den ich für einen großmütigen Menschen hielt!

Ich wusste nicht...

Nur noch fortzugehen, fassungslos, unter zynischem Gemurmel, zynischen Lauten - das blieb mir. Fortgehen mit meiner Enttäuschung und meinem Zorn.

Einer Enttäuschung und einem Zorn, die raus mussten.

Abreagieren - irgendwo, irgendwie. Jetzt.

An der nächsten Straßenecke hing ein Müllkübel. Mit gestecktem Bein, die schweren Arbeitsschuhe an den Füßen, sprang ich gegen den Müllkübel, der an einer Straßenlampe befestigt war.

Der Müllkübel flog ab.

Ich nahm Anlauf, holte aus, trat gegen den Müllkübel, dass er meterweit übers Trottoir und quer in den Rinnstein rumpelte.

Wie durchgeprügelt trottete ich anschließend mit hängendem Kopf die Straße lang. Mutlos trottete ich in den Morgen - verständnislos, erschöpft.

Genau das blieb mir.

Dass ich mich zu weit vorgewagt hatte, das konnte ich damals noch nicht begreifen.

jesus – 10 €

Was ist das?

Komischer Bus. Alles voll mit Aufklebern. Was macht der da? Auf dem Parkplatz vorm Supermarkt? Oh, da steht was von ‚Jesus' drauf...

Au ja! Da stehen auch schon ein paar Leute und gucken. Da geht was.

Nix wie hin!

Jetzt seh' ich's. Da steht noch mehr. Da steht: ‚Jesus-liebt-dich'. Das weis ich schon! So.

Da sitzt sogar einer drin. Aber der sieht nicht aus wie Jesus. Ich habe Jesus nämlich schon gesehen. In Büchern, in meinen Träumen vom Himmel.

Ich wünsch mir, ich...

Aber wo ist er? Wo ist denn Jesus?

Vielleicht.... nein. Der, der hinten steht, das ist er auch nicht. Schade.

Aber was schreit der nur so?

Hm. Der redet von Jesus. Aber was der wohl genau will...

Der Bus ist hinten offen. Was hat er denn da? Ich kann gar nix sehen, nur Schachteln.

Mal durch die Leute gehen. Vielleicht wissen die, was der will.

Es sind schon ein paar Leute, die da stehen. Ich und eins, zwei... das sind... na, jedenfalls ein ganzer Haufen. Da kommen schon viele vorbei vom Einkaufen. Da neben ist ja auch der REWE...

Einer von den Leuten bohrt sich in der Nase. Einer guckt ganz böse. Ein paar lachen über das, was der redet.

Ist sicher lustig, was der redet. Vielleicht lachen die auch weil sein Zeigefinger immer in der Luft steht und wackelt.

„Und?" ruft einer von den Leuten.

Ah, jetzt versteh ich! Das sind Helfer, Helfer von Jesus. Sowas wie seine Angestellten. Die hat er hierher geschickt. Aber was wollen...

Oha, da kommt ein Alter, der hat was zu meckern, will Stress machen. Geht zu dem, der da redet, sagt ihm, dass er das nicht darf. Hier reden.

Aber der redet weiter, zeigt dem Alten dabei ein Stück Papier. Dann noch ein andres Stück Papier. Da ist der Alte still und geht weiter.

Auf dem einen Stück Papier steht bestimmt, dass er das darf. Hier reden. Auf dem andern, dass er hier parken darf, weil er von Jesus kommt.

Und Jesus darf in jeder Straße parken, darf überall parken. Und wenn die zwei mit dem Bus von Jesus kommen, dann dürfen auch sie hier parken.

Ganz klar.

Der, der ganz böse geguckt hat schüttelt jetzt den Kopf. Auch der meckert was und geht fort. Aber da kann er noch so meckern und böse gucken. Genau wie der Alte. Jesus ist Jesus, und Jesus kann man damit nicht erschrecken. Der würde den beiden Spielverderbern schon helfen. Denen würde Jesus... aber hallo! Das heißt, mit denen würde er gar nicht groß rummachen. Denen würde er nur die Hand auflegen und dann wären die ganz friedlich und sogar fröhlich.

Der Kerl mit dem Finger in der Nase ist jedenfalls noch da. Der und noch ein paar Leute. Dem mit dem Finger würde Jesus sagen: ‚Nimm den Finger aus der Nase. Das macht man nicht.‘ Und zu mir würde er sagen... ich weis nicht... aber helfen würde er mir auch. Weis ich!

Wo mich sonst keiner lieb hat...

Jetzt schimpft der vorne auf die Pfarrer und die Kirche. Ganz schön wild...

Na, wenn er Jesus damit hilft...

Aber was ist denn jetzt mit Jesus? Für was hat er hier seinen Bus und seine Helfer hergeschickt?

„Und?" ruft der, der vorher schon mal Und gerufen hat wieder. Steht mit der Zigarette an der Straßenlampe, raucht und grinst an einem Stück.

Was will der mit seinem Und? Und und und... Ist der dumm oder was? Und warum grinst der nur so komisch? Der grinst nämlich nicht wie einer, der sich freut, sondern anders. Ganz anders.

Was meint der nur?

Oh, da kommt der andere, der die ganze Zeit vorne im Bus gesessen hat. Jetzt passiert was...

Ah, endlich!

Der hilft dem andern, der immer weiter schreit. Der schiebt die Schachteln beiseite und klettert in den Bus. Die holen da zu zweit was raus.

Das ist aber ein großer Karton. Der ist so groß, da kriegt man den Deckel gar nicht auf, wenn er im Bus steht. Deshalb heben die zwei den Karton auch raus auf den Gehweg.

Was ist? Warum machen die nicht auf? Der schreit noch immer.

Das dauert aber... jetzt schreit er nicht mehr, redet nur noch.

Aber was ist da drin? Jetzt komm, mach schon auf!

Der, der vorne drin gesessen hat, schneidet den Karton jetzt oben auf. Aber... der macht ihn ja gar nicht auf. Der geht und hockt sich wieder in den Bus. Also!

Und der andere redet immer weiter.

Warum sagt denn keiner was! Genug geredet! Mach doch, zeig... ich will sehen, was da drin ist! Der, der geschrien hat, macht auf und packt aus... das ist... da ist ja noch was drumrum. Was ist...

Jesus! Jesus ist drin. Jesus als Figur. Der hat ihn in der Hand, zeigt ihn. Aber nicht nur einmal... da müssen viele Jesusfiguren drin sein. So groß wie der Karton ist.

„A-ha!" ruft da der, der vorher Und gerufen hat. Ein paar Leute lachen. Nicht alle, aber viele.

Der, der noch immer in der Nase bohrt lacht aber nicht. Auch der Und, der A-ha gerufen hat lacht selber nicht.

Der, der immer redet hält jetzt die Figur von Jesus hoch, zeigt sie rum.

Kann man die...

„...zehn Euro..."

Die kann man kaufen. Jesus für zehn Euro!

Zehn Euro? Das ist...

So einen Jesus will ich auch! Aber ich hab... Keinen... Was hab ich da in der Tasche... Mein Feuerzeug und... das sind zehn, nein, dreizehn Cent... und eine zerbrochene Kippe. Die hab ich vorhin Mama geklaut. Nein, das langt nicht ganz. Gar nicht.

Aber so ein Figur... so einen eigenen Jesus, der mir gehört... wenn ich den habe, nur für mich - da ist alles besser. Mit Jesus - da wird alles gut. Da kann die Welt dann noch so gemein sein. Jesus kann ich alles sagen, was mich so traurig macht... Er ist mein Freund. Er hört mir zu und hat mich lieb. Er versteht mich. Ich hab sonst keine Freunde. Mich kann nämlich keiner leiden. Nicht Mama und nicht meine dumme Schwester. Und auch sonst keiner. Vor allem aber die Lehrer nicht. Die hassen mich, weil ich nicht stillsitze. Die sagen, ich hör nicht zu!

Wieso auch?

Die hören mir ja auch nicht zu. Also!

Deshalb häng ich auch den ganzen Tag irgendwo alleine rum - weil ich allen scheißegal bin. Solang ich denken kann haben mich alle immer rum geschupst...

Mama säuft, mein Vater ist fort, da war ich noch ganz klein, meine dumme Schwester - vergiss sie...

Ich bin... allein auf der Welt...

Aber mit Jesus... da wird alles gut. Und wenn ich Jesus vor mir hab, dann kann ich auch sicher sein, dass er mir zuhört. Auch wenn's nur seine Figur ist. Das macht nichts, das ist mir egal.

Ich will nicht mehr immer traurig und allein sein!

Wenn ich nur irgendwie an ihn rankomme. Zehn Euro... das ist... zu viel.

Aber ich will... Ich muss...

Und da steh ich auch schon ganz vorne. Direkt vor dem mit der Figur und sag's ihm:

„Den will ich haben!"

„O-ha!" ruft einer. Weis schon. Der mit dem Und und dem A-ha... aber das ist mir auch egal.

Hier sind nur ich und Jesus - und der, der Jesus in der Hand hält. Und zehn Euro, die ich nicht habe. Leider.

„Sooooooo? Gern, junger Mann. Aber wo sind deine zehn Euro?"

Ja, wo? Wo? Ich hab nix, Alter. Jetzt muss ich unter mich gucken, muss rumdrucksen.

Hier, guck. Dreizehn Cent und eine zerbrochene Kippe. Und ein Loch in der einen Hosentasche. Das ist alles und mehr wird's nicht.

Dass du mir den Jesus nicht schenkst, das weis ich. Auch wenn dein Karton voll ist.

Jesus und die Helfer von Jesus müssen ja auch was verdienen. Schon klar. Aber probieren muss ich's doch, wenigstens probieren. Wenigstens zeigen muss ich doch, wie arg ich einen will. Oder?

Ein Mist ist das... da brauch ich mal zehn Euro... nur zehn Euro.... damit ich alle Sorgen los bin. Damit ich nie mehr traurig und allein bin... Für immer. Und alles für zehn Euro... die ich nicht hab!

Letzte Woche hab ich sogar noch zwölf Euro gehabt. Aber das ist natürlich alles weg.

Was mach ich jetzt nur? Noch mehr rumdrucksen oder anfangen zu weinen?

Oh nein, da kommt der nach vorne mit dem Finger in der Nase. Der hat's auch abgesehen auf meinen Jesus.

Achtung, der stiehlt mir meinen Jesus vor der Nase weg und ich kann nix tun! Muss da noch zugucken!

Jetzt zieht der den Finger aus seiner Nase und... aber...

„Warte, hier", sagt er und will mir zehn Euro geben.

Zehn Euro? Das ist...

Her damit! Gucken, ob auch kein Butzen dran ist. Gut.

Der Kerl, der grinst ruft wieder etwas. ‚Halleluja!' oder sowas. Und die Leute lachen.

Mir egal. Ich hab gleich, was ich will.

Hier das Geld, und jetzt her mit meinem...

Hab ihn...

Der Kerl, der grinst, klatscht. Ein paar Leute lachen, andere meckern wieder. Meinetwegen.

Da könnt ihr lachen oder meckern, da könnt ihr machen was ihr wollt. Ich hab meinen... guck ihn mir genau an.

Da ist wirklich alles dran. Sogar der Bart.

Wow, mein eigener Jesus. Irre! Hammer!

Wie's aussieht, kauft sich der mit dem Finger in der Nase auch einen.

„Ho-ho!" ruft plötzlich der Kerl, der grinst.

Hey, was wird denn... da kommen doch tatsächlich die Bullen. Kommen direkt hergefahren.

Was wollen die denn? Die Helfer von Jesus fortjagen? Steigen aus.... wollen die, die... kommen her... die wollen... stehen jetzt direkt neben mir und fragen den, der mir die Figur verkauft hat... wollen die, die verhaften?

Mir nehmen die meinen Jesus nicht mehr weg. Der gehört mir! Dafür hat mich schon viel zu lange keiner lieb, dass ich den noch mal hergebe.

Der, der den Finger in der Nase gehabt hat, steckt auf einmal wieder den Finger in seine Nase und latscht fort. Der weis, was läuft. Der steht nicht rum und gafft wie die andern Leute.

Und wo ist der Kerl, der raucht und grinst? Die Straßenlampe ist leer. Der ist auch fort.

Jetzt aber ab!

Sonst versuchen die Bullen doch noch mir meinen Jesus wegzunehmen.

Ganz langsam übern Parkplatz... gleich...

Gepackt!

Mit Jesus unterm Arm. Und gar nicht so schwer.

Das ist so schön. Ich bin so glücklich.

Jetzt lauf ich gleich heim und versteck ihn.

Und wenn mich auch keiner lieb hat...

Und wenn mich wieder einer rum schupst...

Jetzt können die mir ruhig die Mütze klauen und mir hinten auf die Jacke rotzen. Das macht mir gar nix mehr. Ich werd nicht mehr traurig sein. Ich werd nur lächeln. Für mich.

Und ich werde denken: Was wollt ihr alle? Ihr könnt mir nix. Nicht mehr. Macht, was ihr wollt... macht mit mir, was ihr wollt... ich bin frei.

Alles ist gut.

Ha, andere kriegen Spielzeug, am Anfang einen Luftballon oder Eis. Und wenn denen ihre Alten Geld haben, kriegen die später Handys und Fernseher gekauft. Auf denen können die dann rumdrücken und sind glücklich. Und alles ist gut. Aber immer nur kurz. Dann müssen denen ihre Alten ihnen neues Spielzeug kaufen, damit sie wieder glücklich sind. Spielzeug, das immer größer ist und mehr kostet als das vorher.

Weis ich! Hab's selber gesehen.

Bei mir ist das nicht so. Ich krieg ja auch nix! Da schenkt mir keiner was. Da schenkt mir keiner was dafür, dass er mich nicht in den Arm nimmt.

Aber ich brauch auch nix. Kein Handy, keinen Fernseher. Nicht mehr.

Jetzt darf ich endlich anders sein.

Denn jetzt hab ich meinen eigenen Jesus!

Den gebe ich nie mehr her. Nicht für alles auf der Welt...

Diese Welt ist gemein. Alle Leute sind so gemein und tun sich dauernd und immer wieder gegenseitig weh. Und besonders gemein sind die, die ich kenne zu mir...

Warum?

Ich weis es nicht.

Aber jetzt... mit Jesus...

Den werd ich daheim gleich verstecken. Der kommt in die Kiste unter mein Bett, wo ihn keiner entdeckt. Und immer wenn ich traurig und allein bin, stell ich den dann auf mein Bett, hock mich vor ihn und sag ihm, was bei mir nicht stimmt.

Da kann Mama dann wieder sagen: ‚Warum lebst du nur?‘ Und: ‚Du bist Schuld an meinem Unglück‘. Das ist mir dann auch alles egal. Genau wie mich alle nur rum schupsen.

Denn ich habe Jesus, der mein einziger...

Uppppps!

Das kann nicht... mein Jesus!

Da liegt er... kaputt... der Kopf abgebrochen, das Gesicht... Genau auf die Kante gefallen.

Vielleicht kleben... nein, das wird nix. Wenn ich den angucke...der muss ganz sein.

Kann ich Jesus denn was erzählen, wenn sein Gesicht kaputt ist und der Kopf abhängt?

Und jetzt?

Vielleicht... aber ich muss schnell machen.

Hoffentlich...

Wo?..

Keiner mehr da. Kein Bus mehr und keiner mehr, der redet. Hier hat er gestanden. Genau hier, wo ich steh mit meinem kaputten Jesus. Aber jetzt ist alles fort. Und die Leute laufen nur rum. Wie immer. Gehen einkaufen. Wie immer. Nur hin und her zu ihren Autos. Fahren nur hin und her...

Wenn ich... Haben die Bullen die Helfer von Jesus jetzt verhaftet oder nicht? Und wenn ich nur wüsste, wo der Bus hingefahren ist? Wenn mir einer sagen kann... Aber die Leute hier wissen ja nix.

Mein kaputter Jesus... der kann mir nicht mehr zuhören. Traurig.

Da ist der Mülleimer vom Supermarkt. Fortschmeißen und heimgehen.

Das war's.

Zum Heulen. Jetzt stoßen mich wieder alle rum und tun mir weh, klauen mir die Mütze und rotzen mich an. Und mir tut's weh!

Aber vielleicht... noch mal umdrehen zum Parkplatz. *Da* hat er gestanden!

Und vielleicht... vielleicht kommt der Bus zurück. Vielleicht steht er morgen oder nächste Woche wieder da... vielleicht sehe ich ihn doch wieder. Irgendwo... irgendwann.

Und wenn es noch so lange dauert... er kommt wieder.

Ich warte.

kampf ums indigo

Irgendwann, vor langer langer Zeit, stolperte am Indus irgendein Pflanzensammler über einen merkwürdigen Strauch. Er pflückte davon Zweige, nahm sie mit und zerkleinerte sie.

Aber der Saft der Pflanze war gelb. Und daran war nichts besonders Interessantes. Gelben Farbstoff kannte man schon lange. Das bekam man aus Gemüse und Wurzeln, aus Mineralien und Erde. Essen konnte man die Pflanze auch nicht, weder Mensch noch Vieh. Also schmiss der Pflanzensammler sie fort.

Inzwischen fing die zerkleinerte Pflanze aber an zu faulen - zu gären und! zu oxidieren. Als später jemand die Reste der Pflanze entdeckte, traute er seinen Augen nicht. Zwischen den verfaulten Resten der Pflanze schimmerte es blau.

Das war eine Entdeckung! Denn blauen Farbstoff kannte man noch nicht. Das bekam nicht aus Wurzeln oder Obst, aus Mineralien oder anderen Pflanzen. Das bekam man bisher gar nicht.

Die Nachricht von der merkwürdigen Pflanze, die blau machen konnte, war jedenfalls eine Sensation. Man fand heraus, dass sich damit alle Stoffe färben ließen und selbst dem Waschen standhielten. Die Farbe der Pflanze war ein neuer Stoff zum Färben, ein echter Farbstoff.

Von jetzt an begann der Kampf um diesen merkwürdigen und besonderen Strauch, der Kampf um eine Pflanze, die blaufärben konnte.

Im Altertum ließen Herrscher, Fürsten und Könige die Pflanze in großem Stil auf Feldern anbauen. Für das blaue Zeug aus der Pflanze wurden Kriege geführt, wurde versklavt, getötet.

Wie mit allem, was begehrt ist.

Für den Besitz und die Gewalt übers Blau schlug man ganze Schlachten. Um seine Felder zu behalten, die von Sklaven bestellt wurden, schickte ein einzelner Mann, ein Maharadscha, an einem Tag tausend Männer in den Tod.

Aus dem Land am Indus war inzwischen Indien geworden. Indien, das Land, das nach dem blauen Zeug benannt wurde. Und das blaue Zeug war dort weiterhin in. Seit Jahrtausenden.

Auch in Europa färbte man mittlerweile blau. Dort gab es eine andere Pflanze, aus der man blaue Farbe holen konnte. Aber der Ertrag aus dieser Pflanze war viel mickriger als bei der Pflanze aus Indien. Da lohnte der Anbau kaum. Außerdem war das Blau längst nicht so kräftig wie das Blau aus Indien. Dass es dort, in Indien, dieses Blau gab sprach sich in Europa langsam rum.

Also tingelten schon ab dem Mittelalter Händler aus Europa nach Indien und kauften von dem blauen

Zeug. Viel brachten sie davon allerdings nicht mit. In Europa war das Zeug aus Indien zu der Zeit nämlich reinster Luxus. Ein Kilo soviel wert wie ein Zuchthengst. Das konnten sich nur reiche Pinkel leisten.

Überhaupt gab es in Indien einiges zu holen. Gewürze, Tee...

Jahrhunderte betrieb man von Europa aus Handel mit den indischen Herrschern. Erst über die Seidenstraße, später über den Indischen Ozean.

Die Engländer schalteten als erste und rissen sich Indien schließlich unter den Nagel. Denen schmeckte der Tee aus Indien so gut, dass sie gleich den ganzen Laden übernahmen. Und damit auch das Monopol über das blaue Zeug.

Den anderen in Europa schmeckte das natürlich gar nicht. Der Tee war eine Sache, aber das blaue Zeug eine andere.

Das blaue Zeug war einmalig. Anders als durch die Pflanze aus Indien konnte man in Massen keine blaue Farbe gewinnen. Und alles in Europa war tierisch scharf auf das blaue Zeug. Längst hatte dort der blaue Ansturm eingesetzt.

Blau war unentbehrlich geworden.

Vor allem, weil plötzlich dieser alte Zausel auftauchte. Der hatte in Amerika aus Zeltstoff ein spezielles Paar Hosen erfunden, die man blau einfärbte. Damit ging er in Massenproduktion. Dass dieses Paar Hosen zwingend blau sein musste galt schon damals als Gesetz.

Die Hosen gingen weg wie warme Semmeln. Der alte Zausel brauchte tonnenweise blau. Mehr blau als das Auge am Himmel erkennt. Und dringend.

Die Engländer, die das natürlich mitbekommen hatten, rieben sich die Hände und diktierten fleißig die Preise auf dem Weltmarkt, quetschten fürs Kilo immer mehr raus.

Überall brauchte man plötzlich unvorstellbare Mengen an blau, und überall herrschte davon Mangel. Die Welt stand Kopf. Vor blau. Die Welt griff nach dem Himmel. Denn er war blau. Die Welt stand und baute auf blau, lebte für blau.

Blau war kein Trend, keine Mode mehr. Es war die moderne Sucht, die durch Fabriken und Märkte entstand. Dort wurde das Blau gepredigt, erwartet, mit Baggerschaufeln gefressen. Und um diese Sucht zu lindern brauchte es Blau. Immer mehr. Mehr blau.

Irgendwann hatte man in Europa die Faxen endgültig dicke vom englischen Blau-Diktat. Besonders in Deutschland, wo man am meisten blau brauchte. Für Uniformen und Klamotten allgemein.

Eines Tages hockten sich dort schließlich ein paar schlaue Laborratten zusammen und bastelten das blaue Zeug kurzerhand im Reagenzglas aus Teer und Säuren nach. Synthetisch, chemisch. Und das Verfahren war spottbillig.

Dass man beim Experimentieren hundert mal daneben griff und Giftabfälle produzierte... gehörte dazu! Wozu gab es direkt vor der Haustür den Rhein?

Der Fluss spülte sowieso alles fort. Dort konnte man die Fehlexperimente bequem entsorgen.

Dafür brauchte niemand mehr mühsam tonnenweise Pflanzen durch die Presse zu drehen. Ein paar Eimer, ein paar Flüssigkeiten zusammengekippt... und fertig.

Das ging in einem Aufwasch. Kein Warten, keine Abfälle und blau in unbegrenzter Menge. Und das Blau war noch blauer als das Blau der Pflanzen.

Was die Natur konnte, konnte man schon lange! Und besser!

Damit waren das indische Monopol und die englische Preistreiberei gebrochen. Wieder mal hatte man Erfindungsgabe, Emanzipation von der Natur bewiesen.

Die Engländer ärgerten sich zwar, aber sie hatten ja noch den Tee. Dafür hatten sie sich in Indien ursprünglich schließlich eingerichtet. Und nicht fürs Blau.

Was ging es sie an, was die deutschen Chemiekonzerne mit dem blauen Zeug so trieben?

Die Laborratten in Deutschland waren aber nicht von gestern. Ein neues Monopol, das statt bei der Ostindien-Kompanie jetzt bei einer anderen Firma lag? Dass eine Firma, statt einer Handelsgesellschaft den Weltmarkt diktierte - dafür hatten sie sich nicht so lange die Köpfe zerbrochen. Also verkauften sie die Formel an verschiedene Firmen.

Dort wurde das Verfahren bald noch verfeinert, der Aufwand zur Herstellung verringert. Auf zwei Flüssigkeiten, in einem einzigen Eimer.

Jetzt ging es mit dem blauen Zeug allerdings genau in die Gegenrichtung. Die Firmen unterboten sich gegenseitig. Es begann der Preisverfall. Das blaue Zeug wurde immer billiger und billiger. Bald war es nur noch einen Katzendreck wert.

So ging das nicht weiter. Ein Kilo von dem blauen Zeug war plötzlich nicht mal mehr soviel wert wie eine Kilo Kaffee.

Also trafen sich die Bosse und einigten sich auf einen festen Preis. Um das letzte aus dem Blau rauszuholen optimierten sie das Verfahren und verkauften es weiter an ausländische Firmen.

So konnte das Blau sich endlich über die ganze Welt ausbreiten. Auf einem Paar Hosen, einst erfunden von einem alten Zausel.

MIX

Papier | Fördert
gute Waldnutzung

FSC® C083411

Zeitfracht Medien GmbH
Ferdinand-Jühlke-Straße 7
99095 Erfurt, Deutschland
produktsicherheit@kolibri360.de